超越语言的文学
韩国学者视角下的中国文学

原著 ◎【韩】全炯俊（韩国首尔国立大学 教授）
编译 ◎ 杨 磊（北京第二外国语大学 副教授）

翻译团队：
杨 磊（博士，北京第二外国语大学 副教授）
李大可（博士，山东师范大学 副教授）
金鹤哲（博士，哈尔滨工程大学威海分校 副教授）
苑英奕（博士，大连外国语大学 副教授）
宋香庆（在读博士，韩国首尔国立大学）

世界知识出版社

©2013 by Jeon Hyungjun
All rights reserved.
First publish in Korea by Moonji Publishing Co.,Ltd

图书在版编目（CIP）数据

超越语言的文学：韩国学者视角下的中国文学 /（韩）全炯俊著；
杨磊编译 . -- 北京：世界知识出版社，2015.12
ISBN 978-7-5012-5111-7
Ⅰ.①超… Ⅱ.①全… Ⅲ.①中国文学 - 文学研究
Ⅳ.① I206
中国版本图书馆 CIP 数据核字（2015）第 304501 号

书　　名	超越语言的文学——韩国学者视角下的中国文学
	chaoyue yuyan de wenxue——hanguo xuezhe shijiaoxia de zhongguo wenxue
作　　者	【韩】全炯俊 / 著　　杨　磊 / 编译
责任编辑	王瑞晴　　蔡金娣
文字编辑	王　超
责任出版	王勇刚
出版发行	世界知识出版社
地址邮编	北京市东城区干面胡同51号（100010）
电　　话	010-85112689（编辑部）
	010-65265923（发行部）010-85119023（邮购电话）
网　　址	www.ishizhi.cn
印　　刷	北京九州迅驰传媒文化有限公司
经　　销	新华书店
开本印张	700×960毫米　1/16　10 印张
字　　数	158 千字
版次印次	2015年12月第一版　2015年12月第一次印刷
标准书号	ISBN 978-7-5012-5111-7
定　　价	28.00 元

版权所有　侵权必究

序 | PREFACE

　　笔者以论文形式撰写的有关中国现当代文学的第一篇文章是1984年12月发表的《鲁迅小说和"五四运动"》。当时在出版界崭露头角的田艺园出版社正在踌躇满志地编辑发行季刊杂志《外国文学》，吴生根、李诚元、安三焕三位编辑委员企划了名为"历史和文学认识"的特辑，委托正在攻读中文系博士的笔者负责中国文学部分。那时候的韩国，对于中国现当代文学的研究凤毛麟角，连搜集最基本的资料都非常困难，所以笔者是怀着一种在无边原野上茫然寻路的心情写出的文章。出版社位于首尔江南地区，记不清有一次是去校稿还是去取出版好的杂志，那一天风雪漫天的江南晚景与彼时的茫然心情至今历历在目。

　　现在和那时的情形相比已经有了巨大的改观。韩国国内的论文数量众多，更有数不清的论文从中国蜂拥而至。美国、日本、欧洲等地用各种语言撰写的论文也层出不穷。这些资料中的大部分都比较容易获取。但是，面对如此数量巨大的成果，笔者感受到了另一种茫然，是一种与28年前相比更为深沉的茫然。之前的茫然里还多少带有一些浪漫色彩，但现在的茫然中却好像有的只是枯竭和疲惫。

　　笔者至今出版过三本中国现当代文学研究方面的学术专著：分别是1996年的《对现当代中国文学的理解》和1997年的《现当代中国的现实主义理论》，还有2004年的《东亚视角下的中国文学》。前两本是以韩中两国文学的同质性认识和在这种认识之中孕育而生的彼此认同意识为基本原理创作的。第三本则是基于韩中两国差异性扩大的新认识，力图平衡地探索同质性与差别性。前者的同质性是在与西方——这个"他者"之间的关系基础上得以成立，后者的差别性则是源于东亚内部矛盾的可能性和潜在性。

　　首篇论文发表28年后出版的这第四本学术专著则把焦点放置于"文学"。

什么样的文学？不是依存于某种语言的某一个国别文学，而是超越限制、具有普遍意义的"文学"。这种"文学"是无法被直接认知的。我们能直接认知的仅仅是国别文学而已。"文学"，超越国别文学，以一种对于它的直接认知不可能实现的方式存在，同时又使得每一个国别文学成为"文学"。如果没有"文学"，每一个国别文学都无法成为文学。这个"文学"就是本书能够把韩国文学和中国文学视为具有同质性的依据，也是本书命名为《超越语言的文学》的原因。

对于"中国文学"这个提法，笔者也需要表明一下自己的想法。在给上一本著作起名字时，笔者最初并没有使用"现当代中国文学"或"中国现当代文学"，而是命名为"中国文学"。中国文学研究界的习惯是把古典文学(或是前现代文学)称作中国文学，现当代文学不称中国文学而是中国现当代文学。笔者认为应该把这两个概念对调：称现当代文学为中国文学，把古典文学称为中国古典文学。与此相关的问题具有很大探讨空间，但在此处就不做展开了。

整理书稿的时候发现经常引用几位人士的论述。从出生时间顺序来看，有德国的理论家瓦尔特·本雅明、中国小说家莫言、香港出生的美国学者周蕾等。有的为探讨问题提供了理论依据，有的则证明了笔者观点的正确性，还有的提供了研究对象、批评对象、讨论对象，没有他们，本书也无缘问世。在此真心地向他们表示谢意。此外，还需要对中国诗人北岛和作家苏童表示感谢。不久以后，会用《论北岛》、《论苏童》的形式回报他们。此外，还需要向韩国国内以及中国大陆、台湾地区、香港地区、新加坡、日本、美国、澳大利亚等地中国现当代文学研究界的各位同仁们表示谢意。当然，最应该表示感谢的还是阅读这本书的各位读者。

全炳俊

二〇一三年四月

目　录 | CONTENS

第一部分　超越语言的文学 /1

韩中—中韩译者的任务 / 3

韩中文学相遇的意义所在 / 10

由两个女性的归乡所考察的故乡含义

——黄春明的白梅和黄晳暎的白花 / 17

关于 20 世纪 90 年代韩国的《狂人日记》/ 22

通过王蒙和金芝河，重读《狂人日记》/ 28

第二部分　再次从文化走向文学 /45

文化间翻译一小考——同周蕾的对话 / 47

东亚内部的文化间翻译

——黄春明小说与韩国的话剧和电影 / 60

文字文化和视觉文化

——文化研究的鲁迅观考察 / 70

对文学和电影相互性的考察

——《活着》和《红高粱》的原作与电影 / 87

第三部分　和中国文学的对话 /103

20 世纪 90 年代中国文学的新状态与新阐释（1）

——先锋派及新写实小说与新状态文学的关系 / 105

20 世纪 90 年代中国文学的新状态与新阐释（2）

——从新阐释的观点看新时期文学史与新状态文学 / 120

与莫言获诺贝尔文学奖相关的几个问题 / 138

底层叙事和中国文学新局面 / 152

第一部分
超越语言的文学

韩中—中韩译者的任务[1]

首先需要向各位说明的是本文题目的由来。在坐有的学者可能已经发现，这个题目是根据瓦尔特·本雅明的文章《译者的任务》而命名的。本雅明，1892年出生，1923年翻译了波德莱尔的《巴黎即景》（《恶之花》第2部），《译者的任务》一文便是这本书的序言。[2] 在今天这样一场探讨韩中—中韩翻译的研讨会上，之所以引入德译法的案例是事出有因的。接下来便从原因入手开始本次论文阐述。

美籍华人文化研究学者周蕾(Rey Chow)教授在其著作《原初的激情》(1995)一书中就翻译问题做过令学界瞩目的分析，对世界各地的中国学领域起到了很大的影响。也正是在这一部分研究当中引用了本雅明的观点，其引用的核心内容如下：

那（真正的翻译—引用者）主要是通过句法翻译中的Wörtlichkeit实现。也就是说，译者的第一要素不是句子，而是单词。如果句子是横亘在原文语言前那面墙的话，则是因为Wörtlichkeit是Arkade。[3]

本雅明文章的英文译者哈里·佐恩(Harry Zohn)将原文中的德语单词Wörtlichkeit翻译成了英文单词literalness。[4] 周蕾据此认为literalness的译法对

---

[1] 2011年1月8日，在北京大学举办的中韩翻译学翻译教学国际学术会议上发表，稍许修改和补充。

[2] 1914年本雅明开始翻译的《恶之花》，但是由于工作无法持续进行，在9年后的1923年才出版了译本。

[3] Walter Benjamin, *Illumintionen*, Frankfurt am Main:Suhrkamp, 1977, P.59. 本段引文根据韩文翻译而成。本书同时引用中国国内学者的翻译供读者们参考："那（真正的翻译——译者注）主要可以通过句法的直接转换达到，这种转换证明词语而非句子才是译者的基本因素。如果句子是挡在原文语言前面的那堵墙，那么，直译就是拱廊"（陈永国译，《译者的任务》，《翻译与后现代性》，陈永国主编，中国人民大学出版社，2005年，P.10）。

[4] 笔者决定把Wörtlichkeit翻译成韩国语中的汉字词"逐语性"或者"逐语的"。

于 Wörtlichkeit 具有替代补充 (supplement) 的意义。Literalness 这个英文单词，除去有"逐语性"的意思之外，还有第二层意思：表面的、低劣的、简朴的，但是德语原文 Wörtlichkeit 却没有第二层含义。周蕾认为："由此，哈里·佐恩所做出替代填充式翻译便可以使本雅明自身所称的原文的'意图'这种形式隐藏在原文的一种内容更加明确化。重要的是，原文的'意图'只以替代补充、附加的形式（因为是已翻译好的），也是可以被把握的。"[1] 总之，原文是自我分延（self-différance），翻译即替代补充，这是周蕾的核心命题。（这个命题可能会引起争议，在此将不做探讨。）

周蕾把这个命题运用于文化翻译而不是语际翻译。翻译的问题如果仅仅局限于语言之间，那么便是依附于语言文本特权化的现代西方制度，这样的翻译在欧洲以外地区作为欧洲殖民主义最重要的遗产保留了下来，这是周蕾否定语言间翻译的原因。在语际翻译中，原文和翻译之间的不平等的等级关系无法颠覆，原文地位崇高、价值稳定。周蕾所说的文化翻译，首先是消除原文稳定的价值；其次是追求广度而非深度，涵盖从传统到现在，从文学到视觉，从精英学者文化到大众文化，从本土到外国，再从外国到本土等变化的宽泛范围。当然，在这中间，周蕾投入大量注意力的部分是作为民族志的现代中国电影。现代中国电影是对中国文化的翻译，这个翻译既是 Wörtlichkeit，也是 Arkade。这个 Arkade 中，以逐语、表层的方式展示着现代的'原初的存在'（现代中国电影的女性就是其中的一个例子）。这个原初的存在，一方面暴露了中国传统的糟粕，另一方面在戏仿西方的东方主义。以上即为周蕾的主要观点（这些观点也有可能引起争议，对此亦不做讨论）。

周蕾把本雅明关于翻译的论述作为其将翻译扩大到文化之间的论据。与此相比，印度的文化研究者特贾斯维莉·尼南贾纳 (Tejaswini·Niranjara) 在其著作《为翻译定位》（1992）中虽然也引用了本雅明的翻译理论，不过是将其限定在语际翻译。尼南贾纳反对同化翻译，主张异化翻译。可以把这视为是以本雅明 Wörtlichkeit 概念作为根据的一种新直译主义。在把第三世界的文本翻译成西方语言时，尼南贾纳期待异化翻译能保存和突出第三世界文化的差异和多样性，把这种翻译策略叫作"阻止沟通"（退出沟通）。虽然周蕾认为尼南贾

---

[1] Rey Chow, *Primitive Passions*, New York: Columbia Univ. Press, 1995, P.186. Rey Chow 著，郑在书译：《原初的激情》，移山出版社，2004 年，P.278.

纳成功地扭转了东西方的权力等级关系，但又批判她没能逆转原文和翻译之间的权力关系，之所以会这样，是因为尼南贾纳排斥了文化间的翻译，只局限地运用了语际翻译。虽然对此笔者更想站在尼南贾纳的一方，但是如果将视野再拓展一些的话，无论是对于周蕾的观点，还是尼南贾纳的观点，恐怕我们都无法轻易表示首肯。

笔者曾对这个问题做过细致的对比研究[1]，在此仅仅简单地阐述一下要点。以周蕾或尼南贾纳为代表的后殖民主义翻译理论将文化间不平等关系看成是一种普遍现象。也由此，语际翻译只把第一世界的文化和第三世界的文化之间的翻译作为议论对象；文化翻译则将例如文学—电影的关系或历史—记录的关系作为殖民—被殖民或者是原文—翻译的不平等关系来处理。即便他们之间的观点和立场有或多或少的差别，但都是处在文化不平等的问题框架中。这个问题框架只在一定的范围里才成立，但同时也排除这个问题框架之外的问题。即，排除属于非不平等的对等关系里的翻译。如果将其排除在外，其结果就是第一世界内部的翻译或者第三世界内部的翻译被忽视，例如，文学和电影各自所具有的相对自律性的世界会被删除。像这样，孕育第三世界文化产物的文化内部的观察视角会消失，而如果仅仅通过同第一世界的不平等关系来进行考察的话，则会产生严重的副作用。虽然在文化不平等问题框架的设定中本身具有肯定意义，但赋予它普遍具有普遍价值的一刹那，它自身就会完全变质成为一种西方中心主义。这是不是意味着第三世界文化都无法独立存在呢？这一点，在不同文化类型间的翻译里也是一样的。很多东西只有在将两种类型放置于平行关系看待时才有效，如果将其置于不平等的关系中去考察，则会消失在我们的视野中。更进一步来说，非西方和西方的关系绝不是全都不平等的，同理，非西方的内部关系和西方内部关系也绝不只是平等的，这些都会使得问题的考察变得更加复杂。

如果将韩中—中韩翻译同上述问题置于同样的框架中去讨论的话，其特征也是很明显的，是西方世界之外的两种语言，即，处在平行关系两种语言之间的翻译。而且韩国和中国同处东亚及汉字文化圈的范围内，具有极近的亲缘关系。这便让人联想到以《译者的任务》作为序言的本雅明把法语翻译成德语，

---

[1] 韩国中国语文学会："后殖民主义的翻译理论和东亚内部文化间的翻译"，《中国文学》第51号，2007.5，PP.99-100 参考。

是西方世界内部的处于平行关系两种语言之间的翻译。而且，法国和德国都位于西欧，具有千丝万缕的关系。如此说来，韩中—中韩翻译中该去如何认识本雅明的 Wörtlichkeit 呢？这个认识是不是会比后殖民主义更符合本雅明的本意呢？

从韩中—中韩翻译的角度来看本雅明的文章，首先值得关注的是本雅明对于自古以来就占据翻译争论焦点的直译还是意译问题表现出了鲜明的态度和立场。这和源自德国浪漫主义传统的新直译主义有关。本雅明曾经引用鲁道夫·潘唯兹（Rudolf Panwitz）作品《欧洲文化的危机》（1917）中的一段话：

> 我们的翻译，甚至优秀的翻译，都是从一个错误的前提开始。它们想要把印地语、希腊语、英语变成德语，而不是把德语变成印地语、希腊语、英语。比之对外国作品的精神，我们的翻译者对本族语言的运用推崇备至……译者的根本错误在于，他维护了本族语言碰巧所处的状态，而不是让他的语言深受外国语言的影响。尤其是在从距本族语相当遥远的一种语言翻译时，他必须回溯语言本身的基本因素，渗透到作品、形象、格调趋同的那一点。他必须借助外语发展和深化自己的语言。一般说来还没有认识到这在何种程度上是可能的，在何种程度上可以对语言加以改造，语言与语言的区别何以相似于方言与方言的区别。然而，最后一点只有在人们认真对待语言而非轻描淡写地对待语言时才是真实的。[1]

如果把潘唯兹的主张称作"外语化"翻译的话，它与尼南贾纳的"异化"翻译既有相同之处，也有不同之处。虽然尼南贾纳的异化翻译目的在于在所谓不平等关系的特定范围中抵抗不平等关系，而潘唯兹的"外语化"翻译则是为了在一般的范围中扩大和深化本国语言。比如，同样是把汉语翻译成英语，尼南贾纳的"异化"翻译可以保存和凸显中国文化的差异和多样性，而潘唯兹的"外语化"翻译（还有，同意这种翻译的本雅明逐字译）则可以扩大和深化英语。笔者认为，韩中—中韩翻译，有必要从潘唯兹和本雅明的角

---

[1] 瓦尔特·本雅明：《恶之花》，P.61。潘星完编译：《本雅明的文艺理论》，民音社，1983年，PP.331-332。本书采用《译者的任务》中译本，陈永国译，《翻译与后现代性》，陈永国主编，中国人民大学出版社，2005年，P.11中的译法。

度进行探讨。❶

　　将中国文学翻译成韩国语，韩国读者（既包括一般的读者、出版社，也包括像大山文化财团这样的翻译赞助机构）倾向的是"归化"的翻译。从大山文化财团和韩国文学翻译院的反应看来，看得出对韩国文学汉语翻译也更倾向于"归化"的翻译。在中国好像也一样。但是本雅明教给我们的正是对归化翻译反思的必要性。有趣的是，与本雅明大致生活在同一个历史时期，年龄相近的中国评论家也发出了相似的主张。比本雅明早11年（1881年）出生的鲁迅在1930年（比本雅明晚7年）写的文章《"硬译"和"文学的阶级性"》中，也对外语翻译和汉语发展之间的关系进行讨论，主张"逐字译"。虽然两者之间并不存在影响关系，所处环境也各不相同，但主张相似，是一个非常有趣的现象。

　　但是，本雅明所说的译者的任务指的是本国语言扩大、深化之上的内容。

　　译者的任务包括发现趋向语言的特殊意图，这种意图在那种语言中产生原文的共鸣。❷

　　上文中的"意图"，其实在上面的引文更前的部分就进行了如下的说明：

　　相反，语言间一切超历史的亲缘性都包括这一点：在作为整体的每一种语言中，所指的事物都是同一个。然而，这同一个事物却不是单独一种语言所能表达的，而只能借助语言间相互补充的总体意图（intention）：纯语言（die reineSprache）。❸

---

❶ 施特凡·格奥尔格（Stefan George，1868-1933）对波德莱尔翻译和本雅明对波德莱尔翻译就具有可比性。身为诗人的格奥尔格，其翻译为意译，而本雅明的翻译为直译。维尔纳·富尔特（Werner Fuld）对格奥尔格的翻译评价甚高，却对本雅明的翻译给予否定。（《瓦尔特·本雅明：他的生平和时代 Walter Benjamin Iwischen den Stuhlen:Eine Biographie》，李基植、金英玉译，文学与知性社，1985年，PP.163-165参考）。富尔特认为本雅明的波德莱尔翻译索然无味，甚至怀疑他是不是对于法语原著理解不够深入下进行的翻译、在德语圈里必然无法被认可和长久的阅读。（同上，P.169参照）。即使我们对认同富尔特的评价，也还是有必要对潘唯兹和本雅明视角的重要性加以重视。因为理论和实际往往是不一致的。

❷ 本雅明：《恶之花》，P.57。潘星完编译：《本雅明的文艺理论》，P.327。此处所谓"正在翻译的语言"，是格奥尔格在把法语翻译成德语的时候，对德语的指代。本书采用《译者的任务》中译本（陈永国译，《翻译与后现代性》，陈永国主编，中国人民大学出版社，2005年，P.8）中的译法。

❸ 本雅明：《恶之花》，P.54。潘星完编译：《本雅明的文艺理论》，P.324。本书采用《译者的任务》中译本（陈永国译：《翻译与后现代性》，P.6）中的译法。

此"意图"——"纯粹的语言"也可以被称为是下面所说的"真正的语言":

其原因(诗人和翻译家的意图不一样的原因——引用者)是译者把许多种语言整合成一种真正语言(einenwahren)的伟大母题而充斥于他的作品。❶

上面的引用文文后就是我们最初引用的句段,让我们再来看一遍吧。

那(真正的翻译—引用者)主要是通过句法翻译中的 Wörtlichkeit 实现。也就是说,译者的第一要素不是句子,而是单词。如果句子是横亘在原文语言前那面墙的话,则是因为 Wörtlichkeit 是 Arkade。❷

所谓"纯粹的语言"的神秘主义概念,我们理解起来难度非常之大。本雅明用了很多方式使其更容易被理解,其中给笔者留下最深印象的是下面这段话:

一件容器的碎片若要重新拼在一起,就必须在极小的细节上相互吻合,尽管不必相互相像。同样,译文不是要模仿原文的意义,而是要周到细腻地融会原文的指意方式,从而使原文和译文成为一种更大语言的可辨认的碎片,恰如容器的碎片是容器的组成部分一样。❸

相当于"摔坏前的容器"的"更大的语言"是不是就是巴别塔之前的语

---

❶ 本雅明:《恶之花》,P.57。潘星完编译:《本雅明的文艺理论》,P.327。本书采用《译者的任务》中译本(陈永国译:《翻译与后现代性》,P.8)中的译法。

❷ Walter Benjamin, *Illumintionen*, Frankfurt am Main: Suhrkamp, 1977, P.59

❸ 本雅明:《恶之花》,P.59。潘星完编译:《本雅明的文艺理论》,P.329。本书采用《译者的任务》(陈永国译:《翻译与后现代性》,P.9)中的译法。

言呢?❶根据巴别塔的故事,语言就像打破的容器碎片一样,分裂成了无数的民族语言。由此笔者想到了在民族语言中捆绑的民族文学。笔者在2007年"第一次韩中作家会议"的主题演讲中进行了阐述:并不是国家里存在个别的语言,而是个别的语言之后,或者之下存在着国家和民族,文化和历史一样等同的复合要素。如今成为论议焦点的殖民/被殖民问题也似乎应该被纳入到这个复合要素中,超越个别语言制造的界限,是否能到达文学的普遍性呢?不管是否可能,这与本雅明所说的达到纯粹语言基本完全重合。本雅明明确表达了虽然翻译中除了文学翻译外还有很多其他类型,但通过翻译来接近纯粹语言的最佳途径是文学翻译。本雅明不只翻译了波德莱尔的《恶之花》第2部,还把荷尔德林翻译的索福克勒斯作品作为一个典型范例提出来,本雅明认为:"(原文)语言的质量和区别度越低,其作为信息的程度就越大,对于翻译就是愈加贫瘠的土地……"❷对于本雅明的话,笔者是反对的。即原文语言带有的质的价值和个性越高,它传达的内容就会减少,所以为了翻译更具有生产性的就是文化。(根据本雅明的信仰,那样的文本中最高的就是《圣经》)。通过本雅明的翻译,就像到达纯粹语言的梦想一样,我们为什么不通过韩中—中韩文学翻译,来梦想到达文学的普遍性呢?

　　笔者想把这种意义上的文学普遍性命名为"超越语言的文学"。使人们认知到以民族语言乃至用个别语言单位、摔破的碎片状态存在的"文学",即个别语言的文学是更大的文学、超越语言的文学碎片,这个任务是不是应该成为文学译者最为重要的任务呢?借助这个问题的引出,可以概括出今天论文发表的全部内容。

---

❶《论原初语言和人的语言》(1917)中,本雅明对亚当和夏娃堕落前的分裂前的语言进行了分析。堕落前的语言既是创造的语言,同时也是认知的语言,而堕落后,创造的语言和认知的语言却被分裂开了。(Werner Fuld,李基植、金英玉 译,前书,p.166 参考)如果把这个概括为"同一性(创造-认知)的语言对分裂(创造-认知)的语言",那么,《译者的任务》里的论述,也可以概括成"纯粹语言(一个大的语言)对个别语言(碎片)"。所以笔者把这个纯粹的语言表述为巴别塔之前的语言,这样的表述,已经在雅克·德里达论本雅明的《巴别的塔》中有所提及。但是,本雅明的本意,如同维尔纳·富尔特的说明一样(同书,p.167 参考),在所有碎片重新组合到一起的过程中也经历了救赎的时间。正因为如此,维尔纳·富尔特主张:"《译者的任务》对于了解本雅明哲学的思想是非常有益处的,但对翻译质量的评价却没有什么帮助"(同书,pp.168-189)。笔者认为,虽然像富尔特说的,对翻译质量的评价 可能起不到什么帮助,但在翻译基本的角度来看,对多样的思维可以起到一定作用。在本雅明的翻译论里,许多人试图发现考察的线索,因此便产生了各种研究和讨论。

❷本雅明:《恶之花》,P.61。潘星完编译:《本雅明的文艺理论》,P.332。本书采用《译者的任务》(陈永国译:《翻译与后现代性》,P.11)中的译法。

韩中文学相遇的意义所在[1]

在韩中两国作家第一次对话交流会议中,由我来作主题演讲实在是令我既荣幸又汗颜。也可能是因为我身担韩国文学评论家和中国文学研究者的双重角色吧,也就是说,我以成民烨这个笔名在评论韩国文学的时候一直在参考中国文学,而以全炯俊这个本名来研究中国文学的时候却又不断地参考韩国文学,尽管我的这种方法还不娴熟,但可能正因为我是一个在自身内部进行韩中两国文学对话交流的人,所以大会才把这个主题演讲重任托付给了我。首先,向使我感到荣幸又汗颜的韩中两国交流活动企划者——金柱演、洪廷善、陈思和和王安忆四位先生(当然,陈思和先生也和我一样担当了重任)以及来自韩中两国的作家们致以谢意。

今后十年间要举行的韩中作家会议的整个主题将选定为"和平"。许多词汇在实际应用中常被扭曲,尤其是一些美好的词语,"和平"一词也不例外。权力或者既成秩序常常用这个词来要求弱者顺从或者屈服,而弱者又往往用这个词来为顺从和屈服辩解。这样以来的"和平",从表面上看是"和平和睦的状态",但其实则不过是对矛盾的掩饰和对问题的逃避。文学并不是为那种假和平而服务的。反而应当说,文学正是要暴露那些假象、直面那些矛盾和问题。正是从文学的暴露和直面是探索真正和平可能性的这一点上,文学与和平相互联系了起来。比如,所谓的和平总是在与矛盾并现时才具有意义。"矛盾虽坏但和平却好"这个命题是不成立的。反倒应该说,掩盖矛盾的和平更坏,而为了实现和平而敢于和矛盾正面交锋的东西才是好的。

和平这个词常用来描述国家间的关系,但在描述一个国家内部的社会层面,比如阶级间或是阶层间的关系时也常用到和平一词,并且它在个人内部也是可

---

[1] 2007年4月9日上海举办的第一届韩中作家会议的主题演讲,《文学和社会》2007年夏刊登载,有少许修改和补充。

以使用的。第一届韩中作家会议将焦点置于一个国家内部的社会层面，将主题定为"创伤与愈合"。不管是世界的哪个角落都会有这样的国家，但特别应该指出的是韩国和中国，对于许多人来说，这几十年是个人遭受社会给予的创伤并力图治愈它而度过的一个备受煎熬的过程。两国的历程固然不尽相同，但可以说大同小异。回溯历史便可发现，两国在进入近代之后多有类似，而在之前的封建时代也差异不大。但今天我要讲的仅限于近几十年的时间段内。顺便提一下，"创伤与愈合"是一种医学概念。鲁迅先生在开始从事文学的时候，准确讲在开始文化运动的时候所思考的"病态的国民性及其治疗"也是一种医学概念。但鲁迅先生所医治的对象具有消极否定性的特征，而我们所说的"创伤与愈合"中的治愈对象，或者准确说是治愈的主体，我们将其设定为一个积极肯定性的概念。我个人认为这个对象或者主体也应该反省到这一点，在这里有必要对此进行强调。

  韩国最近几十年政治方面的军事独裁和反共意识形态，再加上随着经济的城市化、工业化所招致的社会矛盾日益加重，这一切都以给个人造成创伤为特征。1960年，推翻自由党独裁政权的4.19革命最终失败、朴正熙政权开始实行其漫长军事独裁的那一场面，1980年光州民主化运动转变成流血事件、军事独裁肆无忌惮的场面，伴随资本主义经济发展产生的工人农民的牺牲和小市民的苦恼等尤其引人注目。韩国文学并没有掩盖这些创伤，而一直以来致力于对其进行无情披露。掩盖创伤便不可能得到治愈。打个医学的比喻来说，病人有疼痛的感觉才说明他还活着，疼痛是能使其治愈的根据。在韩国文学内，暴露创伤往往也是同掩盖创伤进行的正面交锋，所以在政治上还遭受过弹压，但韩国的作家们在种种威胁面前却表现出了大义凛然的风采。1970年诗人金芝河在长诗《五贼》中披露权力的不正当性、描述民众的苦痛而受狱中之苦，80年代众多年轻文人们带着"都这么写了，你们还不把我抓走"的心情，提升了发言的尺度创作出了一批具有挑战性作品。许多文学作品被定为禁品，尽管如此，文学抵抗的情绪却是日益高昂。为了避免误解，我想请大家同时注意，当时的大多数文学写作在艺术或美学高度上以及对形式的追求等方面也是十分出色的。70、80年代现实主义和现代主义者两个对立轴将文学界的理论划为了两半，而被划归为现代主义小说家的赵世熙以美学文体展现了雇工和雇用主之间的尖锐矛盾。而被称为现实主义小说家的黄晳暎，对民众的苦痛表现得淋漓尽致。再强调一下，展现这些创伤并不是为了在伤口上撒盐，而是探索一种治愈的可能性。在这个过程中，除了镇压之外还会发生一个问题——和解。何谓和解？它同前面所说的和平差不多，往往是指在适当程度上的妥协。再打一个医学比方来说，和解就好比不是对伤口进行治愈而是将其在适当程度上缝合。韩国作家反复苦思如何拒绝这种假意缝合。其中我们今天可以看到的与会小说家林哲佑先生便是代表这种苦思的小说家。林哲佑先生的小说世界如果用"暴力和和解"这个词来总结的话，其中暴力便是这个世界的主要构成原理。这种暴力同汉娜·阿伦特和勒内·吉拉尔所说的暴力截然不同。阿伦特的暴力虽然导出了对抗暴力的概念，但林哲佑先生的暴力只是带来个人悲剧的无可奈何的暴力，可以最终归结为悲观主义。但这种悲观认识与吉拉尔的暴力相比，则是还存在出路和希望的意识。对吉拉尔来说暴力对人和人的欲望是根源性的存在，但因为林哲佑先生的暴力还在人的外部，所以他是在对人性信赖的基础上去批判暴力的。从这一点上他是语言本义上的人本主义者。这种人本主义在暴力前所产生的惭愧和有罪意识，正是林哲佑文学的焦点。当然，惭愧和有罪意识是发展到对抗暴力的前一阶段，可林哲佑先生的小说最终也没有发展到对抗暴力。相反，小说中在摸索一种和解。和解？是指和暴力之间的和解？当然，非也。那种和解正是他一直以来视作假象而强烈拒绝的。他所指的和解是更深一层意思的和解。在暴力和抵抗暴力的对立结构中，对于个人是如何被暴力感染进行的洞察，对于暴力结构真正问题——暴力性渗入并感染到加害者或受害者个别人的灵魂深处的洞察，林哲佑先生追求的和解正是以这种洞察为根据，是从根源上对人性的和解，也是能成为和暴力性交锋的原动力的和解。暴力杀死的世界通过这种交锋获得重生。对林先生尽管还有千言万语有待介绍，但由于时间关系就到此为止。

中国最近几十年来从 1957 年反右派斗争到文化大革命结束的 70 年代末，极左路线的迫害以及进入新时期之后改革开放和实行现代化、社会主义市场经济的过程中出现了各种社会矛盾，这些矛盾给人们带来的创伤成为这个时期的特征。中国文学一直到文化大革命开始之前，小心翼翼地进行了一些体现创伤的工作，但文化大革命时期被迫进入了完全的缄默不语状态。至少公开场合下是这样的。文化大革命结束之后才开始了表露创伤的工作。以至于出现"伤痕文学"这一用语，这个工作曾被推入高潮。但伤痕文学展露的是文革时期，即是对前一时期的创伤,而非对现在创伤的展露,可以说它的政治性格十分微妙复杂。但进入 80 年代后,中国文学渐渐开始重视现时并积极展现现时当中的创伤。从这一点上,我个人对新写实小说十分钦佩。我认为新写实小说扩张了自身的外延,深化了内涵,发展为 90 年代的新形态文学,有关我个人对中国文学史的这种理解,曾在江苏省作家协会刊物《评论》上发表过文章。但我认为 80 年代的中国文学处于一种难以言传的两难之境。对当今现实进行小心翼翼批判的姿态,似乎是在警戒极左路线的复活。也许可以将其理解为文革的创伤还活在眼前。这种小心翼翼的姿态在 20 世纪 90 年代也持续维持,甚至就是现在也没有完全消失。如果说我的观察有一定道理的话,那么可以说文革的创伤到现在还没有治愈,并不断地束缚着当今现实。尽管有可能我的发言显得不负责任,但即便是冒此危险,我还是要开诚布公地在此讲述一下我的想法:文革的创伤并非能够单独治愈,必须和现在的创伤结合起来治疗才能病愈。这个问题也许跟韩国的清算亲日派问题有些类似,批判亲日派并主张现在也应该对其进行处罚的政治动向,如果不与对当今现实的反省结合起来,就注定无法真正做好清算亲日问题,而且亲日清算这个真正重要的问题就会演变成当今政治所利用的事件而已。当然文革的创伤是个相当棘手的问题。因为除了少数人之外,大部分人是被害者的同时也是加害者。

  80 年代这个时期,韩国文学和中国文学形成鲜明对照。韩国文学中,市场经济作为创伤的主犯成为主要批判对象,而对社会主义的展望则是主要追求对象。与此相反,中国文学中改革开放和现代化,以及市场经济作为积极追求的对象出现,极左社会主义路线则作为创伤的主犯成了批判的对象,可以看到一幅左派和右派、进步和保守以各不相同的方式联袂一起的微妙现象。但我并不认为这些立场是完全相反的,从原理上讲反倒是一致的。最终,在批判以及克服既成秩序的消极性而做出积极努力这一点上不应该是相同一致的吗?表面上的相悖转变为实际上的相似这种现象虽然不敢准确地说是发生在什么时候,但我认为至少是从 90 年代的某一个时刻开始的。在中国,社会主义市场经济在高速发展的同时,有一种资本主义矛盾也在日益深化。我在中国的现实中似乎看到了韩国经历的贱民资本主义时发生的问题。这个矛盾所招致的对众多人的创伤,正是当今中国文学应该直面的,也是正在直面的创伤。对于曾一时引起一场是否是猥亵小说争论的贾平凹先生的长篇小说《废都》，我是从这个角度上来看的。我曾经对《废都》写过一篇长文，虽然还没有译成中文。我认为《废都》里包括被指为猥亵的部分在内，都可以说是刚才论述过的中国文学发展语境中出现的重要征兆，这是一部具有值得做出肯定性评价的强烈叛逆性的作品。例如，对于小说主人公庄之蝶的婚外恋我们可以读解为一个追求真正性却归于堕落与破灭的故事，其内容则是无法适应现代化、开发独裁、贱民资本主义所带来的急剧变化的人，所作出的自我意识挣扎。尽管小说的内容具有男性中心主义枷锁的局限性，但其中有关对性的描写，我认为并非单纯的猥亵，而起到了给自我意识挣扎赋予强烈实感的作用。读者们并不能在枯燥的主张面前被说服。说服来自于实际感受。这时的描写给读者造成的性刺激并不是一种色情刺激，而正是为了达到那种实际感受的效果。按近来的情况来看，我对"民工文学"尤为关注。从整体而言，我在最近整个中国文学中感受到的是惊人的文学活力。我觉得，我的老朋友陈思和先生所主张的"民间"概念也是这种文学活力的产物。与此相比，近来的韩国文学则呈现出另外一种姿态。韩国的政治经历了文民政府时期而到达了当今的参与政府，也就是有人所说的左派政权的状态，而社会经济也到了与后期资本主义概念十分相符的阶段，所呈现的问题和创伤的存在方式也十分复杂模糊。如果像80年代那样敌人明显的时候倒是十分简明，但像现下这样敌人不分明的情况下，不管是发现还是治愈创伤的难度都变得更大。敌人不光存在于外部，在自我的内部也巧妙隐秘地存在着。现在的情况是我对我自己来说都有可能是敌人。韩国的作家们，特别是年轻作家们对这种情况所作出的文学对应方式，时而是小心翼翼，但时而又是大胆激进的摸索。

  以上是我对韩国文学和中国文学过去几十年间的异同进行的简单分析。特别是对中国分析的部分很有可能多有误解，希望中国作家们能以宽阔的胸怀加以谅解。最后想说的是对我讲话前提的结构进行的反思。即：一种将韩国文学和中国文学的坚定身份作为单独的存在，而中间的界线又是不可侵犯的结构。但事实上，不论是韩国文学还是中国文学的概念都可能是值得怀疑的概念。除了韩国文学或中国文学这种国民文学的界限以外，在文学内部也会存在各种界限。其中，最难超越的界限便是语言。除此之外，像阶级等社会因素或者思潮等文学内部因素，例如：资产阶级文学——无产阶级文学，现实主义文学——现代主义文学，也会在文学内部划出界限。此外，像高级文学——大众文学这样的界限说白了是根据文学内部的阶级而划分出来的。但是，这些界限并非总是明确地以固定的形态存在。它们根据不同的语境会消失也会潜伏在其中，还会显现出来，当它们显现出来的时候，位置却在不断地发生变化。但唯独语言的界限总是明确地以固定形态存在。这里所说的语言并非指一般语言，而是指个别语言，即：韩国语、汉语、英语、德语等民族语。个别语言是巴别塔之后的语言的命运，而只有通过这种个别语言才能形成文学。我们必须注意到这种个别语言的界限和现存的国家界限并不一定一致。西班牙语的文学不一定是在西班牙，在中南美各国也在不断创作，中国文学内部也不仅仅存在汉语文学，还有朝鲜语等少数民族语言文学。不管当今是怎么样的国民国家时代以及国民文学时代，但与国家这个单位相比，语言这个单位在决定文学存在方式上可以说是个本质性因素。不是国家内部存在个别语言，而是在个别语言的后面或下面，存在着国家和民族、文化和历史等的复合形态。跨越这种个别语言所造成的界限，到达文学的普遍性，犹如回到巴别塔以前的语言一样是至难的事情。不，也可以说这种陈述并不正确。巴别塔之后，文学的普遍性已经只以欠缺的方式存在。类似于本雅明对纯语言的叙述，文学的普遍性不也是只在跨越个别语言界限的一瞬间才显现出来的吗？而且这些瞬间不是在世界文学各处都被许许多多的好作家们不断地创作出来或正在创作吗？

　　可能讲得简单一些会更容易点到问题的核心。简单来说，当我读陀思妥耶夫斯基的时候，我绝不是一直在想这是俄国文学，需要在俄国的历史性里面解读，这是同韩国文学不同的文学作品。我只是把它看作是小说和文学。我之所以不以西欧作家为例而以陀思妥耶夫斯基为例，是为了防止或许会出现后殖民主义观点上的反驳，但事实上对西欧作家的态度也不例外。比如我读阿兰·罗布-格利耶的时候也有同感。而我读鲁迅、王蒙、王朔、贾平凹、池莉、高行健、林白、余华、莫言、王安忆的时候也同样如此。如果说有界限的话也只是语言的界限而不存在文学的界限。需要经过翻译才能沟通的语言界限是一个难以跨越且问题复杂的界限，但我坚信，文学具有这种界限阻挡不住的某种普遍性。更准确地说，那可能是一种在翻译跨越个别语言界限的瞬间才显现出来的存在。如此说来，个别语言的界限并非一种约束，反倒可以说成一种可能性。现在我们大家虽然是以韩国文学和中国文学相遇的形态荟萃一堂,但潜在这次荟萃底层的却正是这种文学普遍性。我们正是要将这种普遍性视为财产,共享我们长期以来互相不曾了解的经验,从而拓宽与加深文学之可能性。如果说存在差异的话,试问,韩国文学内部或中国文学内部存在的千差万别难道不比两国之间的文学差异更悬殊吗?所以,我想用一个提议来结束我的发言:这次会议上让我们大家向对方打开心灵之窗,尽情发挥感性。

谢谢大家!

由两个女性的归乡所考察的故乡含义
——黄春明的白梅和黄晳暎的白花[1]

1

汉语不是我的母语，所以短时间内大量阅读汉语文学作品对我来说并非易事。即便是对于我喜欢的作家黄春明的作品也存在这个问题，在他众多的著作中我所阅读的作品为数并不多，因此我对中国台湾作家黄春明的整个文学世界可以说连最起码的发言权也不具备。只不过，在我读过的作品中，印象最深的是《看海的日子》，它让我联想起了韩国作家黄晳暎的短篇小说《去森浦的路》，并且我感觉这两部作品之间存在某种相关联的意义，可以探讨一下这种关系，这正是今天我来与会的原因。

《看海的日子》和《去森浦的路》中都描绘了妓女的命运，并以她们的归乡为主要素材，在这一点上两部作品不谋而合。当然，两部作品之间更多的是不同之处，可也正是因此它们两者之间才会出现一种有意义的关联。

2

黄晳暎于1943年生于长春，在海军服役期间1967年参加了越南战争，1970年开始专注于写作。1974年他的第一部小说集《客地》出版，其中主要描绘了弱势群体的生活，因此他成为批判社会现实的现实主义文学代表作家。"坚实的文句、丰富的描写、紧张的结构"使他的作品超出了单纯的揭发和暴露，成为卓越的美学作品。《黄晳暎小说选集》中文版已在台湾出版。

---

[1] 2008年5月31日在台湾中正大学举办的黄春明跨领域国际学术研讨会上发表。江宝钗，林镇山主编：《泥土的滋味：黄春明文学论集》，台北：联合文学出版社，2009年出版，少许修改和补充。

1973 年发表的短篇小说《去森浦的路》是黄皙暎的代表作之一。70 年代初正是朴正熙政权的经济开发计划由重点发展轻工业调整为重化学工业的时期。城市化、工业化在全韩国全面展开的这个历史时期正是《去森浦的路》的时代背景。

《去森浦的路》叙述了一个三个人在乡下同行几十里路的故事。流浪工荣达和从监狱里刚出来不久的郑氏，还有从邑里的酒馆里偷跑出来的妓女白花。荣达和房东老婆偷情的时候被房东发现后好不容易脱身逃了出来。作品的开端便是荣达与郑氏的相遇场面。除了曾经坐过监狱的信息之外郑氏的其他信息并没有描述，他多少带些知识分子的气质，在回故乡森浦的路上碰到了荣达。此时恰逢天上飘起鹅毛大雪，两人正结伴往有火车站的甘川去的路上又碰上了白花，由此两人行变成了三人行。二十二岁的白花已经出来闯荡了三年，自称"从我肚皮上过去的男人有一个师"，是个"老牌妓女"。她说是回南方很远的老家。经过三人数十里的同行，白花从一个"老牌妓女"变成了一个"好女人"。白花在"海鸥之家酒馆"打工的时节里，一连照顾了在军队监狱改造的八个犯人，那时的她衣服都没好好穿过一件，可白花"在过去荒漠的三年中从来没有像那时候那么快乐、安心"。在三人同行的路上白花崴了脚，荣达便背着她走。最后好不容易到了火车站，三个人的同行之路算是结束了。白花劝荣达，如果没有想好去处的话就去自己的家乡，可荣达掏出自己的积蓄给白花买了火车票和面包、煮鸡蛋，把她先送上车了。对这个场面的描写如下文所述：

> 白花手里接着荣达推给她的东西，两眼圈顿时红了，她磕磕巴巴地问：
> "你们……你们谁也不去吗？"
> "我们去森浦，那儿是我的家乡。"
> 荣达替郑氏说道。人们正陆续地通过检票口。白花拎起包袱站起身来说：
> "我真的……不会忘了你们的。"
> 白花冲检票口走过去，突然又折了回来，回来的白花眼睛里挂着泪花笑着说：
> "我不叫白花。我原名叫……李点礼。"
> 女人冲着检票口跑了过去。过了一会儿火车就开了。❶

---

❶黄皙暎："去森浦的路"，《发财猪梦》，民音社，1980，P.209。

两人送走白花正在等晚点的火车的时候，从旁边一个老人那里听说了森浦的消息。曾是南方海边一个小岛的森浦如今变成了大片陆地。海边已经建起了防堤，在海上架起了公路，森浦盖了好几处观光旅游酒店，正热火朝天地施工呢。荣达说："正合适。咱们可以在那儿的工地上找活儿干了。"这一瞬间，故乡森浦变成了工地森浦，郑氏失去了"他内心的停泊之处"❶。作品由此告终。

　　这部作品中故乡正是"心的停泊之处"。从意象上讲，这部作品中出现了一个雪对火，冷漠对温暖的对立结构。同行的路上三个人开怀畅谈形成共感的时候值得注意的是他们围坐的篝火。作者曾这样写过："因为有了火三个人才有从远方回到家的感觉，才会有困意。"❷

　　如此，故乡＝火＝温暖＝休息（以及安慰）的等式便不言而喻。故乡是"心的停泊之处"正是因为她能够给人温暖的休憩和安慰。但如果她变成工地的话，便不能给人以休憩和安慰，便不会再成为"心的停泊之处"，也就不再是真正意义上的故乡。

　　那么处在很远南方的白花的故乡又怎样了呢？"每天晚上都在做梦决心出发回家"，实际上"有两次都到了家附近"的白花这一次是否真的回了家乡也难以断言，就算是她回到了故乡，是否能真像在自己的故乡一样，实现她"如今还嫁什么人呀。就那样安安静静地在家安定下来，干点农活儿。我还有好几个弟弟妹妹呢。"这种愿望能否实现也难以预料。甚至，作品的整个氛围暗示了一种白花的故乡也已经变化了的感觉。如果说现实的故乡都变得不存在了的话，如今的故乡难道只是像荣达、郑氏、白花围坐的篝火一般，在一些弱势群体当中形成的一种温馨的共感地带吗？

3

　　对于作家黄春明和他1967年发表的中篇小说《看海的日子》，大家都已经十分熟知，这里就不再多做说明，下面我只表述一下与论述相关的部分。《看海的日子》中的白梅是个渔港妓女村的妓女。《去森浦的路》集中叙述了在某一天发生的事情，与此相比《看海的日子》勾画了至少一年以上的时间。这段

---

❶黄晳暎："去森浦的路"，《发财猪梦》，民音社，1980，PP.210-211。
❷黄晳暎："去森浦的路"，《发财猪梦》，民音社，1980，P.205。

时间内白梅去祭奠了过世一周年的养父，在去养母家的火车上碰见了莺莺和她的孩子，受她们的影响，白梅突然产生了一种想要孩子的愿望。所以，她留心观察到来找她的年轻渔夫阿榕很善良，决定留住他的根。阿榕走了之后白梅离开了妓女村回到了自己的家乡，十月怀胎后生下了孩子。为了抱着孩子去看看港口，她坐上了火车，在火车上远远地望着无边无际的太平洋。

"《看海的日子》刻画了妓女白梅坚毅的形象和顽强的生命力"❶这个说明十分贴切。她对自身的命运所表现的积极与能动性十分鲜明。这种积极性与能动性正是从她产生"只有自己的孩子，才能将希望寄托"❷这种想法十分明确地表现出来的。她身上具备一种毫不犹豫地实践的勇气。她回到故乡后开始展示出自己是启蒙者的一面。她帮助哥哥找到生活勇气，她帮助村里人把收获的红薯以更有利的方式出售。她在分娩的时候战胜了特殊的产痛，生命力和意志表现出惊人的强韧。和孩子一起产生的一个愿望，即去港口看看的这个愿望也最终付诸实践。我们在她抱着孩子看大海的样子里看到了什么呢？ 一种从妓女变成母亲的意志的胜利？当然有的。更进一步说是女性的胜利？这种胜利女性的形象大概也为最近流行的女权主义观点提供了丰厚的论据。再进一步说这是一种大地母神的形象，白梅，应该叫她的原名梅子，梅子归乡之后她哥哥重新找到生存希望、村里人获得农地、村里人把红薯卖了个好价钱等事情赋予了梅子一种主管生产和再生的大地母神形象。而梅子的生产本身关键性地象征着大地母神的生产，正是因为她生产的成功，这个村子甚至这个世界才能摆脱死亡得到再生。不死鸟并不是长生不老的鸟，而是死而能够复生的鸟，如果说死亡—再生的结构不可能的话，这个世界将坠入永远的死亡世界。

4

如此看来，黄晳暎的白花在黄春明的梅子面前显得又是如此可怜！不过，这两个女性的生存条件相去甚远。应该说白花的条件差得多。从小被送给养父母收养，14岁的时候被养父卖到妓女村的梅子在这一点上很可怜，但被酒店的主人逼得浑身是债不得不逃亡的白花更为悲惨。当梅子决定走的时候女主人

---

❶ 黄春明：《看海的日子》，台北：皇冠文化出版有限公司，2000，末页。
❷ 黄春明：《看海的日子》，台北：皇冠文化出版有限公司，2000，P.31。

痛快地放走她，而且她还有不少钱。而这两个女性之间存在的最重要差别在于家乡的有无。小说中暗示了白花的家乡已经荡然无存，而与此相比，梅子的故乡依然如故而且乡亲们也表现得很热情。白花"安安静静地在家乡安定下来，干点农活儿"的愿望在梅子身上得到了实现。而且这一切都是以十分积极的姿态实现的。《看海的日子》中，梅子给故乡的村子带来了生产和再生，而相反的，正是故乡的存在才使梅子得到胜利。

　　可能两部作品之间存在的 6 年写作时差，以及从莺莺和鲁小领的结婚时间上看，《看海的日子》的故事背景为 20 世纪 50 年代的中国台湾，这些时差和故乡的有无存在着直接联系。如此说来，城市化、工业化更进一步发展的《去森浦的路》中故乡已然消失，而早期的《看海的日子》中故乡依旧也就顺理成章了。那么这里就产生了一个后续的疑问，台湾的城市化、工业化更进一步发展之后，也就是说到了 70 年代以及 80 年代，梅子的故乡又如何了呢？梅子又会如何呢？在丧失故乡的时代里，故乡将会是什么样？归乡又如何实现？我十分想通过回答这些问题对台湾文学进行进一步的探索。

关于20世纪90年代韩国的《狂人日记》[1]

《创作与批评》1992年的秋季号上刊载了以《狂人日记》为标题的短篇小说,作者为柳阳善。

但凡有一定文学修养的人都会从这个标题上联想到世界文学史上有名的两部同名作品。一是俄罗斯果戈理的《狂人日记》,一是中国鲁迅的《狂人日记》。柳阳善的《狂人日记》不仅与鲁迅的作品同名,其叙事结构和叙述语言也有着明显的相似性。笔者曾与柳阳善时隔多年在今年六月份的一次博士学位论文审查会上邂逅(其间可能至少有十年未曾谋面)。这次相逢,柳阳善对笔者披露了他当年创作《狂人日记》时的情况。他说写这篇小说时首先受到了鲁迅《狂人日记》的影响(他说当时对他产生影响的还有一位韩国作家,不过实在是想不起来这位作家到底是谁);其次,是受到1991年"姜庆大事件"的影响而动笔的;其三,他的作品与果戈理的《狂人日记》没有任何关系。

柳阳善出生于1951年,毕业于首尔大学国文系。他从20世纪80年代开始以单行本杂志(不定期刊物)《文学时代》(1983年12月创刊,1988年第4期为终刊号)同人身份活动着并开始发表小说。1989年出版长篇小说《这个人是谁?》。现为天主教大学国文系教授,作为国文学者著有《韩国农民文学研究》(1994)、《韩国近现代文学与时代精神》(1996)、《韩国现代文学探索》(2005)等学术著作。以发表《狂人日记》的1992年为分水岭,前期多以作家身份活动,后期则以学者身份活动居多。

1987年是韩国现代史上极其重要的一年。近可以说是1980年以来军部独裁的终结,远则可以说是1961年以来军部独裁的告终。是1987年6月抗争的胜利使其成为现实。不过,在同年12月进行的总统选举中,随着新军部出身的卢泰愚的当选,军部独裁的真正终结又延期了。军部独裁是在1992年12月

---

[1] 2011年9月25日在中国绍兴举办的鲁迅论坛上发表,少许修改和补充。

所谓的文人政府 (Non-Military Civilian Government) 成立以后才彻底结束的。所以，从 1987 年到 1992 年期间持续不断的诸如学生运动之类的民主化运动是极其自然的事情。

"姜庆大事件"就是在这一时期发生的。1991 年 4 月 26 日学生示威时，明知大学一年级学生姜庆大被便衣警察用铁棒打死。这一事件引发了全国性的学生示威运动，在规模越来越大的示威活动中，接连不断地发生了自焚等极端示威事例。当时的学生们示威的口号是反对学费上涨。对于能否将这一口号视作民主化运动，曾有过不少争论。不过，笔者认为在当时的情况下口号并不重要，重要的是示威本身，所以从广义上应该看作是民主化运动才比较妥当。

柳阳善写的《狂人日记》是有关大学历史系教授闵俊植"疯了"的故事。概括一下闵教授的故事如下：突然开始表现出异常症状的闵教授被送进精神病院治疗，快要痊愈时出了院。小说中这个闵教授的故事是以第一人称"我"来叙述的。"我"是同一大学国文系教授，同时是写小说的"柳"。叙述的时间是 1992 年。"我"回想着"去年暑假时发生的事"，也就是 1991 年夏天发生的事。作者听说闵教授即将痊愈的消息以后前往访问。从叙述的顺序来看，此作品分为三部分。

第一部分是"我"对闵教授生病的回忆。"我"想拜访出院的闵教授，开始回忆闵教授的生病过程。据此回忆，闵教授在住院的两个多月前开始出现了精神异常症状。对此，小说描述如下：

闵教授的研究室正对着学生会馆。通过窗口，可以一览无遗地看到从学生会馆屋顶垂下来的横幅标语和巨幅人像。当时，被铁棒打死的姜庆大君和示威途中死去的金贵贞小姐的脸庞并排出现在挂图中望着闵教授的研究室。那时死去的学生不止姜君和金小姐。在光州、在安东、在城南、在首尔，时有学生自焚或者跳楼自杀的事件发生。对于接连不断发生的事件，整个社会开始动荡不安起来。❶

那时是 1991 年四五月。随着这一时期发生的一连串事件，闵教授的症状越来越严重。这时，闵教授开始说自己有时会陷入幻觉，而此时他甚至会感受

---

❶《创作和批评》1992 年秋季号，PP.122-123。

到某种微妙的快感，其后没过多久，闵教授就住院了。"我"去探望闵教授，没有见到病人，只见到了闵教授的主治医生。医生对"我"说，闵教授的精神病是被害妄想症和夸大妄想症交错在一起发病的急性精神错乱症。按医生的要求，"我"去给医生送闵教授的日记。途中，读了日记中最近记录的内容。对此，小说是这样描写的：

他的日记因为思绪跳跃于现实与幻觉之中，所以乍看起来似乎荒诞不经。不过，细细品味可以看出某种连贯的思维。那么，现在除掉几篇根本无法读懂的篇什以外，选取几篇约略成章的日记介绍一下。❶

第二部分是选录的几篇日记。这些日记都是以"6月 XX"日来标示的。开始的部分记录的是对暴力和暴力时代的反省为内容的有点儿接近随笔之类的短文。在第五天的日记中"我"（闵教授）记录着"感受到了无法用语言来形容的羞耻和惨淡"的内容，这一感受成了一种转机。从此以后，随着精神错乱症的急剧加重，"我"开始体验各种各样的妄想。小说中选录的妄想一共有六类，它们之间尽管有着不同之处，但可以看出都在某种程度上借鉴了鲁迅的《狂人日记》。现引用其中的一个段落。

（6月 XX 日）一个似人似兽、极其可怕的怪物出现在了校园。怪物紧紧地追逐着学生，一个一个地吞噬着他们。可怜的学生们哀号着、哭喊着四处奔跑。一个不认识的女学生被追逐得实在是走投无路跑进了我的研究室。尽管我飞快地锁上了门，怪物依然咆哮着破门而入。结果，女学生还是被那个凶恶的怪物吃掉了。看着怪物咯吱咯吱把学生从头到脚咬碎了吞下去，啊！我大声惊叫起来。醒来以后，后背淌下了冰凉的汗水。❷

第三部分是访问出院后的闵教授的故事。闵教授对于自身的情况说明"只是鬼附体罢了"。

"我说，柳先生。你就不要用什么有意识无意识那样难解而复杂的名词来

---

❶《创作和批评》1992 年秋季号，P.124。
❷《创作和批评》1992 年秋季号，P.124。

解释，就以简明易懂的鬼来说明如何？对我来说呀，无意识或鬼都没什么区别。说起来，也许就像是在子宫内听到的大炮声，或者母亲的歌声之类的遥远的记忆吧？不管称其为什么，就像是隐藏在心灵深处的最珍贵的东西和尽管羞耻、惨淡却新鲜而有生命力的那些东西。"❶

在此，"疯狂"作为肯定的一面得到了重新评价。这种重新评价在去见闵教授的路上"我"的心绪里初见端倪，即"我们因为在严格而正直地反省我们的生活时十分痛苦，所以把痛苦转给了他（闵教授—引用者）"❷ 这样的思绪中已经出现了。这种"疯狂"，据"我"（柳）看来是痛苦而正直的自我解剖；据闵教授看来则是与内心深处隐藏着的非常珍贵的东西的会面。拥有同样思想的这两个人对鲁迅的《狂人日记》进行了以下对话：

"柳先生，你若是没有合适的素材不妨把我当作模特来写写看。我把题目也定给你怎么样？就叫《鬼附体的人》，会有意思的，怎么样？是不是值得一写呀？就像鲁迅的《狂人日记》那样。"

"啊哈，如此看来，闵先生的日记有些地方真的和《狂人日记》有相似之处呀！诸如吃人的描写等。不过，鲁迅的作品不是批判礼教的吗？是为了在过渡到近代社会的历史转换期破除封建思想嘛？"

"有什么不同？现在要说是转换期也是转换期嘛！"❸

这篇小说的结尾如下：

我深夜从闵教授家出来，想到所谓的精神病是极深层的精神休息或者最远处刚烈的冥想也未可知。到家以后，我马上坐到书桌前，开始以《鬼附体的人》为标题写起小说来。❹

对于鲁迅的《狂人日记》和20世纪90年代韩国的《狂人日记》有何相似之

---

❶《创作和批评》1992年秋季号，P.134。
❷《创作和批评》1992年秋季号，P.134。
❸《创作和批评》1992年秋季号，P.135。
❹《创作和批评》1992年秋季号，P.136。

处和不同之处，各位可以通过以上介绍初步了解。在此无须笔者一一赘述。不过，有两点需要强调。一是有必要关注一下柳阳善让我们看到的，对"疯狂"的肯定和正面的重新评价。即便这一积极的重新评价主要是根据观念性的陈述形成的，是文学本身的弱点。二是笔者直接从作者那儿听到的话，即"在当时情况下，我认为在教授当中起码应该有一人疯掉，所以写了这个作品的。"这句话。这篇小说的故事不是纪实而全部都是虚构的。在当时的那种情况下，也许会有，甚至很可能真的发生过也未可知。不过，至少我们还没有听到过这类报道。作者是想以自己创作的小说来补充不足的。20世纪90年代韩国的《狂人日记》是知识分子良心的表现，同时也是一种参与现实和一种政治性的抵抗。也许这才是鲁迅的《狂人日记》与20世纪90年代韩国的《狂人日记》相会的深层次意义所在吧。

笔者今天介绍的20世纪90年代韩国的《狂人日记》是与"鲁迅在韩国"这一脉络相关的。以下是对此脉络的说明。

鲁迅的作品初次由韩国人以韩文译介到韩国是柳树人翻译的《狂人日记》，刊载于《东光》杂志1927年的8月号。由韩国人撰写的首篇韩语鲁迅作品评论是丁来东的《鲁迅与他的作品》，连载于1931年1月的《朝鲜日报》。据笔者的恩师、台静农先生[1]的弟子金时俊教授（现为首尔大名誉教授）的研究[2]，韩国的上述鲁迅译介开外国人译介鲁迅的先河，鲁迅作品的首篇日语译文《故乡》刊载于《大调和》杂志1927年的10月号，而林守仁（山上正义）的评论《论鲁迅与他的作品》也发表于1931年10月。

虽然起步如此之早，但与此后日本的鲁迅热相比，鲁迅的译介和研究在韩国的发展却差强人意，这主要是由韩国的殖民地处境以及解放后被嵌入世界性冷战结构的最深处的境遇所致。在相当长的一段时期里，鲁迅成为禁忌或遭到冷遇。进入20世纪70年代以后，虽然有部分鲁迅小说（也只有小说）被译成韩文，编入各种世界文学全集，但作品的选定或对作家、作品的阐释主要集中于反封建主题，极其循规蹈矩。

转机出现于进入20世纪80年代以后。1980年5月，光州的民主抗争以悲剧告终，但在一段短暂的沉默期之后，韩国社会及文化领域掀起了抵抗政治

---

[1] 台静农（1903-1990）鲁迅弟子，20世纪20年代以小说家身份活动，从50年代开始任职台湾大学中文系教授。

[2] 韩国中国现代文学学会编，《鲁迅的文学和思想》，1996，PP.4-6。

独裁的巨潮。对鲁迅及其作品的关注在抵抗的潮流中迅速增强、扩大，对鲁迅作品的翻译和鲁迅研究都变得积极、活跃起来。实际上，韩国对中国现代文学的学术性研究也正是在此前后正式发端的，而处于研究的中心位置的就是鲁迅。笔者也是以1984年12月《鲁迅的小说与五四运动》论文的发表开始了自己的中国现代文学研究生涯。

由于版面所限，无法在此一一介绍此后出现的翻译和研究成果，只能择要介绍以下几种。从《狂人日记》至《起死》的鲁迅小说的最初完整译本是金时俊翻译的《鲁迅小说全集》，出版于1989年。韩国人的鲁迅研究成果最初结集出版单行本是在1996年，由韩国中国现代文学学会主编，书名是《鲁迅的文学与思想》。韩国人的鲁迅研究成果最初在中国结集出版单行本是在2005年，由鲁迅博物馆主编，书名为《韩国鲁迅研究论文集》。2007年，鲁迅全集翻译委员会成立，并于2010年开始出版总计划为20卷的鲁迅全集，至2011年7月，已出版4卷。

笔者认为，这里最重要的是鲁迅的文学与韩国文学之间的内在联系，这种联系或许正是"韩国的鲁迅"的真正内容。上面所列举的翻译和研究成果并非诞生于真空里，而是诞生于韩国的某种特定的社会文化脉络之中。重要的正是这一脉络。正如在此脉络中形成了同时代的韩国文学，鲁迅的翻译者和研究者们也正是经此脉络持续不断地致力于鲁迅与韩国文学间的沟通。以笔者的情况简便举例的话，笔者的鲁迅研究和鲁迅翻译一直是在据此干预韩国文学的自觉意图下进行的。虽然这种自觉意图的量与质因人而异，但总的看来，无法说有与这种意图全然无关之作。

不过，笔者认为鲁迅的文学与韩国文学之间的内在联系的精华所在不是翻译或研究成果，而是韩国文学作品。何况创新也是出现于作品之中！这种创新不是按阶段渐次发生的，而是有飞跃，有新生，各自成为新的起源。回望韩国文学史，早在1940、1941年，就在与鲁迅的《狂人日记》、《孔乙己》和《阿Q正传》等的互文性关系中焕然一新地诞生了韩雪野的短篇小说《摸索》、《波涛》和金史良的短篇小说《拘留所里遇见的男子》（日译标题为"Q伯爵"）。今日笔者提到的柳阳善的短篇小说《狂人日记》是较近的一个例子。

当下需要注目的正是这种创造性的空间。"韩国的鲁迅"的真正内容恰在于此，"鲁迅的世界意义"中最重要的层面也将在这里发现。为揭示这一创造性空间的秘密，韩国的中国文学研究者与中国的韩国文学研究者需携手相助。

通过王蒙和金芝河，重读《狂人日记》❶

1. 两个自我

鲁迅于1918年5月发表的《狂人日记》是中国文学史上第一部现代小说。这部至今有近一个世纪历史的作品，依然是许多学者的研究对象，这确实难得。《狂人日记》已有大量的先行研究，但还有很多问题等待我们继续发掘。

截止20世纪80年代，已经有大量学者对《狂人日记》进行评析，我们先从王富仁富有条理的评论❷入手进行分析,他将已有的分析概括为以下三个大类：

1）"狂人"是一个精神病患者，不是一个反封建战士。❸
2）"狂人"是一个反封建战士，不是一个精神病患者。
3）"狂人"是一个患了精神分裂症的反封建战士。❹

王富仁表明自己最初支持第三种观点，但后来自己却给予了否定。王富仁之所以在过去支持第三种观点是因为，三种观点都是企图为"狂人"的形象来寻找相应现实生活中存在的人物，1）和2）违反了现实主义的要求（本质的真实和细节的真实应该统一为一体），而3）却并非如此。但王富仁也认为"它在小说文本中也是找不到任何根据的"，理由如下：

---

❶ 发表于《中国现代文学》第63期，中国现代文学学会，2012.12。稍作修改补充。

❷ 王富仁，《<狂人日记>细读》，《中国现代文学》第6期，中国现代文学学会，1992.5。以下引用内容均出自全炯俊编写的《鲁迅》（文学与知性社），1997年，收录其中的《<狂人日记>细读》（柳世宗 译）。本书中的引用部分出自王富仁先生原文，页码则根据其韩文译著进行标识。——本书译者注。

❸ 笔者认为，虽然有学者把"狂人"看作是启蒙者或革命家，不过从广义上来看仍属于"反封建战士"范畴，所以王富仁的观点依旧成立。

❹ 《鲁迅》，全炯俊编，文学与知性社，1997.p211。以下对该书的引用仅用括号里的页数来表示。

如果他是一个反封建的战士，他病愈后理所当然地会更清醒地投入反封建斗争，但鲁迅明明说已"赴某地候补矣"，去做官僚了，这说明他病前便不是有理智的反封建战士。（212）

确切地说，"狂人"是患精神疾病的反封建战士的说法并不成立，上面的内容也很清楚地证明了这一点。但是，"狂人"既是精神病患者又是反封建战士的这种说法，也可以成立。为什么这么说呢，因为"狂人"是精神病患者和"狂人"是反封建战士，这两个事实是分别属于不同出发点的定义。王富仁把这两个不同的出发点归结到"艺术结构"和"意义结构"的框架中。由此，《狂人日记》白话文文字表面意义是"疯子 – 发疯 – 病情发展 – 寻求理解 – 失望 – 病愈"，这被称为"艺术结构"；而更深层次的"觉醒者 – 觉醒 – 认识深化 – 进行启蒙 – 失望 – 被异化"，正是"意义结构"。这两种结构一面是带有"同构性"和"同义性"，另一面却也具有"非同构性"和"反义性"，对于这两者构造的结合方式，王富仁有以下的说明分析：

中国传统封建文化是吃人的、腐朽没落的文化，但却又是被广大社会群众所接受的现实性文化；当时思想启蒙者所倡导的文化是人道的、先进的文化，但却是难于在中国社会站得住脚的文化，难以起到自己应有的启蒙作用的文化。后者的存在使前者具有了难于被人接受的可怕面貌，而前者的存在也同样使后者具有了缺乏现实意义的空洞性质。（239）

对于上述内容中提及的两难处境基本是《狂人日记》所代表的真正内容，笔者对此基本持支持态度。但是，笔者在这里还想更进一步：作品人物"狂人"和作家鲁迅之间的关系。对此，王富仁也有以下两个著名的陈述观点：

1）在过去，我们往往把狂人与鲁迅简单等同起来，这只有部分的合理性。实际上，鲁迅为我们提供的只是一个感受和理解的对象，是鲁迅内心深处的另一个自我，而不是仿效和模仿的对象，不是鲁迅的整体自我。（237）

2）鲁迅不同于狂人，他是终其一生站在现实的地面上为理想奋斗、身处传统封建文化之中寻求新的文化出路的文化战士。（239）

1）中表明"狂人"是"鲁迅内心深处的另一个自我"，并且"不是鲁迅的自我"。2)中明确地断言"鲁迅不同于狂人"。

与王富仁不同,笔者着眼于作品中人物"狂人"与鲁迅之间的相似点。当然,这绝不是"把狂人和鲁迅简单地等同起来"。小说中的人物与作家是互不相同的两个个体(即便看上去明明是一样的),这是文学理论中最基本的常识之一。但作品中的人物与作者之间,不管以什么样的形态表现出来,都必定存在内在联系(甚至看上去没有丝毫的共同点)。这也是要牢记的常识之一。❶笔者关注的是自我分裂的表现,若观察"狂人"与鲁迅的相似性,文言文序文中的"余"(即,与作家视为同一人物的,"狂人"的同学)❷和白话文日记中的"我"(即,与作家视为相似人物的"狂人")都是作家的化身、作家内在世界中的另一个自我。

笔者之前也尝试过这种观点,❸这解释从量的层面上不充分,现在回过头想想,确实把情况过于简单化了。所以,借此机会,❹笔者通过比较中国作家王蒙的小说和韩国诗人金芝河的诗,对《狂人日记》进行再读与更加仔细的研究。

正式进入正文之前,补充说明下列内容。鲁迅作品研究,很久以前开始就大量研究自我解剖与自我反思问题。笔者并不是主张把《狂人日记》看作自我解剖或者自我反思的文本,而是想考察《狂人日记》中的自我分裂的状态。对鲁迅作品的研究甚多,所以笔者尚未考证是否存在与笔者一样的先行研究案

---

❶ 为防止出现误会,需要在此进行解释说明。笔者的本段论述并不意味着把"狂人日记"看做"自我虚构(autofiction)"。"自我虚构"第一次出现在塞尔吉·杜布洛夫斯基的小说《儿子》(1977)中,是自传体小说的一个形式。将作品以小说的形式进行公开发表时,呈现出作者－叙述者－主人公姓名拥有统一性的特点。《狂人日记》不存在上述特点,因此就不是自我虚构小说。那么是"自传体小说(roman autobiographique)"吗? 把传统的自传体小说与自我虚构小说区分的方法是,发表小说时,作者－叙述者－主人公的姓名不存在统一性时,一般会界定为自传体小说。这种主张,也有一定的道理。但笔者认为,《狂人日记》也不属于自传体小说。这部小说,起初就不是自传体的产物。自传体小说会突出自传性,而《狂人日记》恰恰掩盖了自传性。而笔者就是要关注被隐藏的自传性。笔者所感兴趣的是小说,而不是自传体的协作。具体的是关注小说中出现的自传性形式、小说呈现的自传性程度等,这有助于更好地理解小说。

❷ "余"在序文的末尾写到"民国7年4月2日(即1918年4月2日)——引用者记载"。

❸ "小说家鲁迅和他的小说世界",《中国现代文学》第10期,中国现代文学学会。1996.6;全炯俊编,pp41-43参考。本文内容于2005年被收录在鲁迅博物馆编,《韩国鲁迅研究论文集》,郑州,河南文艺出版社。

❹ 本文原来是2013年春天,为在国外举办的一个国际学术会议发表而准备的。选用了金芝河的诗作为参考对象,想向外国学界来介绍韩国的诗人。事实上,这篇文章的构想源自对金芝河诗新的感触。

例。但是《鲁迅自我小说中的叙述代言人解读》❶为题目的小论文的观点与笔者既有相似之处，也有不同之处。为便于理解，在这里先给予介绍。此论文列举鲁迅的《头发的故事》、《狂人日记》、《在酒楼上》、《孤独者》等四篇小说，考察对作品中出现的自我分裂时，说明如下："作者'自我'分裂成两个对立的叙述者。一个是第一人称叙述者，代表希望的一极；另一个是第三人称叙述者（叙述代言人）❷，代表绝望的一极。一篇小说实际上是一场'自我'的对话，一场灵魂的严酷拷问。一个"我"与另一个"我"相互诘难，难分难解。"(43) 这是符合《狂人日记》之外其余三个小说的解释。因为，《狂人日记》中有两个第一人称叙述者。但把叙述者"我"和小说人物"余"、或者两个"我"之间的关系，毫无根据和媒介的情况下，视为自我分裂，就像文章中所说"'自我'的两个不同侧面或内心矛盾的两个侧面的外化"(44)，这种理解是否会准确。笔者也曾这么理解❸，所以现在变得更加谨慎。因为，这种解释过于简单，容易变成为程序化地、恣意地理解。若不希望产生这种误会，就需要有先决条件。那就是研究检验作家与作品中人物的关系问题。这种研究若顺利进行，能检验上述理解的正确性。同时，从较抽象的解释为作者内心纠结的表现，进一步进行更具体的研究。

2. 通过王蒙考察《狂人日记》

1987年王蒙发表的长篇小说《活动变人形》的最后一个部分（即续集第五章后半部分）讲述着第一人称叙述者"我"于1985年夏天在海滨疗养地与倪藻想见面的故事。倪藻是这部长篇小说的主人公，"我"是倪藻的朋友、这部小说的作者。作品中倪藻称"我"为"老王"。"我"和倪藻两人一同游泳、吃饭、参加舞会。但两个人的行为，稍微有区别。"我"比倪藻先结束了游泳，但倪藻却游进深海，黄昏时才游回来。（游泳游到如此好的程度可能吗！惊讶。）

---

❶ 晏杰雄，龚鹏："鲁迅自我小说中的叙述代言人解读"，《南通纺织职业技术学院学报（综合版）》第5卷第4期 (2005.12)。在下面的文章中引用时，用括号里的页码数标注。

❷ 很难认同把作品中人物（而且是与第一人称叙述者一起登场的人物）理解为第三人称叙述者或者叙述代言人的解释，但在这里设为议论范围之外。

❸ 中国现代文学学会："小说家的鲁迅与他的小说世界"，《中国现代文学》第10号，1996.6。全炯俊编：《鲁迅》，PP.41-43 参考。

在舞会上，倪藻跳舞（很意外的轻松和熟练），而"我"沉浸于自己的小说构思。❶

整篇小说基本用第三人称叙述，但在个别几个部分用了第一人称。除了上述的最后一个部分之外，第一章的开始、第五章的开始、第十章后半部分、第十八章开始、续集第五章前半部分，均再次出现第一人称叙述者"我"。若前面的"我"只是在小说的外围讲述自己的故事，最后一部分中的"我"出现在倪藻的故事中的一个人物，这一点与其他的"我"有所不同。读者们在听"我"的故事时，会猜测叙述者是不是作者本人，这种猜疑会越来越加重，到最后可以得到确定。因此，读者们把"我"等同于作者王蒙本人是再也自然不过的事情。同时，也会联想到倪藻是作者王蒙真实的朋友，或者参考身边的实际存在的朋友形象的虚构人物。

但了解王蒙自身经历之后，我们就能发现小说中倪藻的人生跟作者王蒙的一生很相似。比如，倪藻出生于1934年，其父亲留洋回国后在大学任教，1946年去了解放区；父母感情不和，从小生活在西四牌楼附近，中学加入中国共产党，参与地下工作；20世纪60年代生活在新疆、1980年6月访问德国，在那里遇见在德国做大学教授的文革时期流亡到德国的老朋友。这都与王蒙本人的经历很相似。笔者曾在首尔与王蒙的朋友关愚谦见面时，听说过很多关于王蒙的故事。或许，越了解王蒙，越能够发现更多与倪藻相似之处。当然，这种相似点也伴随着一些细微的改变。比如，倪藻的职业是语言学家。语言学家与作家虽然不一样，但两者都是从事语言相关的工作。小说人物倪藻就是作者王蒙本人这一事实，对于理解小说至关重要。倪藻是作者的分身，所以此小说是自传体小说。但又是非常特殊的自传体小说。因为，作品中小说家王蒙和语言学家倪藻同时登场。若与倪藻一个人出现在小说时相对比，就能发现两者之间存在很大的差距。

作品中，倪藻始终憎恨自己的父亲倪吾诚。这种憎恨，从小时的模糊记忆当中的反感到德国的回忆，再到父亲去世后的回顾中，执着地、反复地出现。在作品最后，与王蒙的对话中可以看出，1985年的倪藻始终没有摆脱对父亲的憎恨。但是作品的叙述呈现出不一样的内容。比如，在叙述倪藻的故事时登场的作者王蒙，换句话说1985年正在写这部小说的王蒙已经与倪吾诚（与王

---

❶ 王蒙：《活动变人形》，北京：人民文学出版社，1987，PP. 364-369。全炯俊译：《活动变人形》，文学与知性社，2004，PP. 497-503。

蒙自己的父亲）重归于好，并重得他的爱戴。这次的和好与爱戴可以当作是在写这部小说过程当中的产物。不是先有和解和父爱、再编写此部作品，而是在小说编写过程当中完成了这些事情。同时，产生的主题不是作者事先构思的观点，是小说编写本身的形式，特别是作为视角与引语的复合型写作形式。复合型的角度与复合型的引语，人物与事件脱离了正常轨道，呈现出真实复杂的一面。或许，有一样的事件，随着角度的变化，其说明与判断也会产生差异。不仅父亲倪吾诚与母亲蒋静宜的真实心理活动均表现出最诚恳的一面，而且否定他们的儿子——倪藻的心理活动也会呈现出真实的一面。他们的人生或许是被扭曲的人生，但又能够均呈现出其真实性，这又是他们人生的意义。因此，这种真实性成为和好和父爱的依据。

倪藻和王蒙的同时出现是一种自我分裂现象。这是一个反省的自我和被反省自我之间的分裂。反省的自我王蒙在叙述被反省的倪藻。这个过程当中，完成了和好。换句话说，反省的过程既是叙述的过程、和好的过程。若倪藻出现的话，这种结构上的复合性就无法实现。

笔者认为，《狂人日记》中的两个"我"之间的关系跟《活动变人形》中的倪藻和"我"的关系，基本一致。首先，就像读者们轻易把《活动变人形》中称为"老王"的"我"当成王蒙一样，把《狂人日记》文言文序文中的"我"当成鲁迅本人。白话文日记的第一人称叙述者"我"（狂人）是序文中"我"（作者鲁迅）的中学同学的弟弟。读者们会认为狂人是作者鲁迅的真实朋友或者参考此朋友形象塑造的人物。也同等于《活动变人形》中，把倪藻想象为作者的真实朋友或者参考此朋友形象塑造的人物。但是倪藻就像作者的分身，存在着很多相似之处。这一点上，鲁迅与狂人也一样。

从根本来看，《狂人日记》当中的狂人从文学方面，源于俄罗斯作家果戈理（Nikolai Vasilevich Gogol，1809-1952）的同名小说，在现实中则借助于鲁迅的姨表兄弟的形象。此人名为阮久孙，在山西省官府工作时得了迫害妄想症，

1916年到北京治疗，最后还是没有治好，返回老家❶。那么很明显，《狂人日记》当中的狂人是参考鲁迅的姨表兄弟的形象，虚构出来的人物。但问题是这虚构出来的人物，又与鲁迅和鲁迅的经历有相似之处。

　　首先，狂人在日记中的第一节中写到"今天晚上，很好的月光。我不见他，已是三十多年；今天见了，精神分外爽快。"❷若写日记的当时是1911年，30年之前便是1881年。而1881年就是鲁迅出生之年。鲁迅在1912年2月离开绍兴，去南京担任教育部职员的事实与《狂人日记》中"狂人"病愈后去某地做官员，也具有相似性。而且1911年10月开始到1912年2月，鲁迅在绍兴体验的辛亥革命的经历与"狂人"发病到病愈（深层结构的意义是启蒙运动）的病历有相似之处。（这种关系能否不局限于几个月的辛亥革命的经历，更加延长的问题，我们放到后面再研究。）

　　综上所述，《狂人日记》序文中的"我"和日记中的"我"之间存在以下关系。这两个"我"均是作者鲁迅的分身、是作者内面的另一个自我。其中，序文中的"我"是反省的自我，日记中的"我"是被反省的自我。这两者关系是《活动变人形》当中的"王蒙"和作为作者的分身、作者内心中另一个自我的"倪藻"的关系一样，"王蒙"是反省的自我，"倪藻"是被反省的自我。《狂人日记》和《活动变人形》作品之间的不同点是，《活动变人形》中"我－王蒙"和"倪藻"出现在同一个时空间，进行对话；而在"狂人日记"中，两个"我"仅仅是自己记录的记录当中的记录者，不存在同时出现在同一时空的情况。

3. 通过金芝河考察《狂人日记》

　　参考韩国诗人金芝河的作品，会对比较《狂人日记》和《活动变人形》的

---

❶ 鲁迅在1916年10月30日的日记中写到"久孙到寓"，31日写到"下午久孙病颇恶，至夜愈甚，急延池田医士诊视。"11月6日写到"赴池田医院将久孙往车驿，并令蓝德送之南归。"（参考《鲁迅日记》上卷，北京：人民文学出版社，1976, PP. 205-206) 北京的鲁迅博物馆保存着阮久孙写的信，其内容如下："母亲大人膝下，泣禀者，繁峙县张知事性柔弱，寻常事大抵哥哥代定主意，是以受恨者甚多。此次繁邑绅商各界密议，决定设计陷害，各捐资金，沿途贿赂，竟将哥哥与弟致之死地。"（王士青，《鲁迅传》：刘世钟译，《鲁迅的生平及思想》，五车书，1992, P. 104）周作人在1950年写的《<狂人日记>里的人》中，有家里有两个精神病患者的阐述。（孙郁，黄乔生主编：《书里人生》，石家庄：河北教育出版社, 2000, P.177）。

❷ 全炯俊编译：《阿Q正传（鲁迅小说选）》，2006年（修订版），P.8。《鲁迅全集》，第1卷，北京：人民文学出版社，1981, P. 422。

异同有所帮助。这也是写此论文的出发点。下面是使笔者拥有这种念头的金芝河❶的诗《无花果》。

依靠石墙握住朋友的手
吐完之后擦眼泪擤鼻涕
仰头望灰色天空
一颗无花果也挡住了视线

喂
我未曾有过花季
无花即结果
那不是无花果吗
怎么样
朋友掀起手拍拍后背
你看
果实中开花
那不是无花果吗
怎么样

两人起身沿着小溪
蹒跚地走
有只黑贼猫疾快地
跨越小溪❷

此诗发表于1986年的单行本杂志《我们时代的文学》第五号。当时笔者作为编辑，拜托诗人投稿，并亲自去诗人在海南的家中拿回原稿。笔者是诗人用亲笔写在200字信纸上的《无花果》等五篇作品的第一个读者。但是五篇中，笔者却无意识地忽略了描写淡淡的《无花果》，反而注意到了《插上门闩的门》

---

❶ 金芝河，1941年生。1969年登坛之后，作为抵抗诗人活跃在韩国文坛。1970年，发表长诗《五贼》后，因违反反共法，入狱。1974年全国民主青年学生总联盟事件被判为死刑。1980年12月，因刑期终止释放后，进行了非常活跃的文学活动。

❷《我们时代的文学》第五号，文学与知性社，1986, PP. 110-111。

中的强烈的语言。被愚钝的笔者无意忽略的《无花果》"吸引住"并"沉浸到其内在世界"[1]的正是评论家金炫（1942-1990）。金炫的评论《开在花中的果实的梦》写到，此诗当中，呈现了三个自我，这就是我们要参考的观点。

诗里出现两个人物，一个是因为醉酒在无花果下面呕吐的"我"，另一个是搀扶我的朋友。"我"透露着"未曾有似花一样盛开、吸引过人们的注意，"只吃过苦"这种心情。而朋友指着无花果，安慰"我"说"你是无花果一样的人。无花果不开花，直接结果。不，他在果实中开花。你不是拥有华丽的时光后，才成熟。而是成熟的同时，华丽"[2]金炫对此对话给予如下解释：

> 我的绝望与朋友的安慰这两个主题非常陈腐。但形容这样陈腐的主题的无花果形象是非常出色。无花果的形象顿时提高陈腐的对话，我失败；我伟大一的悲剧性高度。果实中盛开着花朵这一惊人的认识，使得这悲剧性高度得到可能看似没有花季，只要有果实，里面就盛开着花朵！其认识就具有悲剧性![3]

无花果作为出色的形象，与将"陈腐的对话"提升了高度的金炫的描写相得益彰。换句话说，金炫卓越的解释，让看起来平淡的诗，上升为激烈的悲剧性诗。这种悲剧性，可以跟神秘主义、浪漫主义、内部超越等问题一同进行更加仔细的研究。但笔者在此想参考的是三个自我问题。在问题部分金炫叙述如下：

> 我和朋友之间的对话是叹息与安慰的对话。此对话其实是实际存在的两个人完成的。但这两个人果真是两个人吗？叙述人在第三行写到"站起来后，两人一同蹒跚地沿着小溪走路。"他们消失在黑暗中。消失在黑暗中的他们两个事实上，会不会是一个人？进一步说，我和朋友、叙述者会不会是同一个人？那么我是实际的自我，朋友是潜在的自我，叙述者是观察这两个自我的艺术的自我。潜在的自我安慰实际的自我欲望，说并不失败。而艺术的自我暗淡的描写这两个自我的对话。为了不被绝望沦陷，自我分裂，一个自我进行安慰、

---

[1] 不是进入内在世界，而是沉浸到内在世界，这可以看出，这个内在世界在空间的底部同时意味着深层含义。

[2] 金炫：《分析和解说——可见的深渊和不可见的历史展望》，文学与知性社，1992，PP.61-62。

[3] 金炫：《分析和解说——可见的深渊和不可见的历史展望》，文学与知性社，1992，P.62。

一个自我把这种安慰升华为艺术。一个自我的欲望被适当的限制，所以他的绝望的爆发也受到了限制。因此，此分裂过程是美丽的、感人的。❶

金炫与金芝河很长一段时间没有能够有机会相见❷，但通过诗《无花果》，得以重逢。金芝河在与黄芝雨的采访中，被问到对金炫的评论有何感想时，说道"果然不愧是金炫"。同时提及自己有过喝醉酒呕吐，朋友某氏帮他敲打过后背的经历。重视故事原型的人，会以这个阐述为依据，主张金炫的解释有误。但笔者不这么认为。这首诗不是再现实际经历。实际经历只作为引起想象的母体罢了。此诗的重点不是再现，而是想象。此想象可以洞察诗人意识之外的内面世界。这种洞察是通过自我分裂，得到完成。

把金炫的概念挪到我们的概念解释如下。首先，《无花果》的实际的自我是绝望的自我、潜在的自我是安慰的自我，而《狂人日记》和《活动变人形》的实际的自我是反省的自我、潜在的自我是被反省的自我。这样一来，两者之间便存在能动与被动的相关区别。《无花果》中的能动的自我是潜在自我，而《狂人日记》、《活动变人形》中的能动自我是实际的自我。这与其说是个性的区别，不如说是体裁的区别。诗是抒情体裁，而小说是叙事体裁。具体说，《狂人日记》和《活动变人形》中的两个自我，就是反省的自我和被反省的自我均可以看成潜在的自我。反过来，也可以把这种理解用在解释金芝河的小说中。因此，绝望的"我"也是潜在的自我，而不是实际的自我。❸接下来要关注的是"艺术的自我"。《狂人日记》中没有出现，金炫指的所谓"艺术的自我"。《狂人日记》中的两个"我"是局限于自己记录的作品内部的存在物，而此诗中提示的仅仅是两个记录物本身。若作品中存在两个"艺术的自我"，那么就隐藏在两个作品背后。《活动变人形》中的"艺术的自我"也不像《无花果》那么明显。《无花果》中，观察两个自我的第三个视线在第三行就很明显的出现相比，《活动变人形》的观察两个自我的视线，与其中的一个自我，即反省的自我重叠，没能露

---

❶金炫：《分析和解说——可见的深渊和不可见的历史展望》,文学与知性社，1992, PP.63-64。
❷金芝河于1969年11月，在诗人赵泰一主持的《诗人》中，发表《首尔路》和之外的四篇诗，登坛。此时，给赵泰一介绍金芝河的人就是金炫。
❸坦白地说，笔者的心倾向于这样把握。

出与外部。这样看来，这三部作品存在细微的差异。我们通过这微妙的差异，对《狂人日记》进行新的回味。

若《狂人日记》没有文言文的序文，只有白话文日记部分的话（就像果戈尔的《狂人日记》），那么与原来的《狂人日记》会有什么样的不同点呢。再如，把《狂人日记》写成为《活动变人形》的结构，就是像叙述倪藻的故事一样用第三人称叙述"狂人"的故事，"我——鲁迅"以第一人称登场，会跟现在的《狂人日记》有什么样地区别呢。再做进一步假设，叙述时让观察两个自我的"艺术性自我"出现，会是什么样呢。《狂人日记》之所以是鲁迅的《狂人日记》，就是因为它与其他作品的叙述不一样。否则，就会成为果戈尔、王蒙或者其他作者的《狂人日记》。

4. 狂人与鲁迅的关系

被封建制度蒙蔽双眼的人们眼中，反对封建、提倡近代的反封建战士（或者启蒙家），只能是个狂人，这就是鲁迅生活的年代。1919年4月发表的作品《药》中的注解中写道，1907年被处死的鉴湖女侠秋瑾是作品中监狱里的夏瑜的原型。作品中，夏瑜跟狱吏说"这大清的天下是我们大家的。"挨了两个巴掌，但还说"可怜可怜哩"。而我们看一下，听说这个事情的人们是什么态度。

> "阿义可怜——疯话，简直是发了疯了。"花白胡子恍然大悟似的说。
> "发了疯了。"二十多岁的人也恍然大悟地说。❶

这部分也可以看成《狂人日记》的注释。在引文中，反封建战士就是狂人。但是《药》中的革命家虽然被说成狂人，但本人是堂堂正正的、以正面的形象出现在读者面前。可能是因为其原型是秋瑾的原因。但《狂人日记》中的反封建战士，既被别人说成狂人，自己也以狂人的形象出现。因为，这里的反封建战士就是鲁迅本人，鲁迅对自己的反省也是如此的严酷、深刻。

鲁迅这种严酷、激烈的反省现象，从时间上看，不仅仅局限于辛亥革命时期。《狂人日记》中的有段话可以成为时间上的标注。"去年城里杀了犯人，

---

❶ 全炯俊编译：《阿Q正传（鲁迅小说选）》，P.44。《鲁迅全集》第1卷，北京：人民文学出版社，1981, P.446。

还有一个生痨病的人，用馒头蘸血舐。" 这也是后续作品《药》的主题。此事件正是指 1907 年秋瑾的处死。那么"现在"就是 1908 年，这与辛亥革命的 1911-1912 年不相符。但因为是狂人，所以对时间的认识有误也是情理之中的事情。因此，我们也不必被日记开头的"三十余年"所约束。那抛开这些数字的拘束，重新进行思考。

先仔细考察辛亥革命时期的鲁迅。❶1902 年赴日本学习的鲁迅，于 1909 年 8 月结束留学生活。回国之后，鲁迅在杭州两级师范学堂任化学与生理学教员。第二年 7 月，鲁迅辞职出校，回到绍兴，担任绍兴府中学堂教职，但在 1911 年 7 月，又辞职。当年，10 月 10 日，辛亥革命爆发，全国纷纷响应，由于绍兴府中学堂学生请求，鲁迅再次出任该学堂监学。11 月 5 日，杭州光复的消息传到绍兴，绍各界开会，到会者约百人，大家推选鲁迅为主席。鲁迅提议组织武装演讲队，宣传革命意义。11 月 6 日，市民因听到有败残清兵要来绍兴骚扰的谣言，发生了恐慌。鲁迅到府中学堂，主张整队上街解释，学生立时集齐于操场，鲁迅组织并带领武装演讲队上街，收到了很好的效果。鲁迅的小弟弟周建人的回忆录上比较详细的记载着鲁迅在 11 月 5、6 日活动情况。❷几天后的 11 月 10 日，作为革命党的王金发率光复军到绍兴。11 日，组织新的绍兴军政政府，自任命为都督。鲁迅任绍兴初级师范学校监督。但革命立即碰到反动势力，王金发也变成保守派。鲁迅参与 1912 年 1 月 3 日正式出版的《越铎日报》的发行。(鲁迅为此报撰写出世辞，并建立"杂文栏"，屡次更换笔名，指责绍兴的时代病态，甚至写了一些攻击军政府的文章。❸越来越与王金发对立的鲁迅，终于辞去校长一职，顺着朋友许寿裳的召唤，前往南京，任中华民国临时政府教育部部员，这是 1912 年 2 月末。5 月教育部随着政府迁移到北京，鲁迅也随之赴北京。❹

查看上述描述，辛亥革命时鲁迅的活动，可以称得上是革命活动。但以往

---

❶下面主要参考蒙树宏编：《鲁迅年谱稿》，桂林：广西师范大学出版社，1988，PP. 66-79。

❷周建人：" 鲁迅任绍兴师范学校校长的一年"，孙郁，黄乔生主编：《年少沧桑》，石家庄：河北教育出版社，2000，PP. 261-262。

❸王晓明：《无法直面的人生：鲁迅传》，上海：上海文艺出版社，1993。李允姬译：《人间鲁迅》，东与西，1999，PP. 76-77。

❹鲁迅在 1926 年写的散文《范爱农》中，略带讽刺的语气描写辛亥革命当时的情景，但比较详细。

进行的对鲁迅的讨论,只局限于鲁迅滞留日本时期与居住于北京绍兴会馆时期,对辛亥革命时期的鲁迅没有给予重视。这也归因于鲁迅本人,1922年12月出版的《呐喊》中的序文详细记载留日时的幻灯片事件和杂志《新生》事件,也详细叙述了居住于绍兴会馆时的"铁屋子"事件。但这期间发生的事件,只是轻描淡写的提到而已。引用文如下:

> 我感到未尝经验的无聊,是自此以后(《新生》的结局之后—引用者)的事。我当初是不知其所以然的;后来想,凡有一人的主张,得了赞和,是促其前进的,得了反对,是促其奋斗的,独有叫喊于生人中,而生人并无反应,既非赞同,也无反对,如置身毫无边际的荒原,无可措手的了,这是怎样的悲哀呵,我于是以我所感到者为寂寞。
>
> 这寂寞又一天一天地长大起来,如大毒蛇,缠住了我的灵魂了。
>
> 然而我虽然自有无端的悲哀,却也并不愤懑,因为这经验使我反省,看见自己了:就是我绝不是一个振臂一呼应者云集的英雄。
>
> 只是我自己的寂寞是不可不驱除的,因为这于我太痛苦。我于是用了种种法,来麻醉自己的灵魂,使我沉入于国民中,使我回到古代去,后来也亲历或旁观过几样更寂寞更悲哀的事,都为我所不愿追怀,甘心使他们和我的脑一同消灭在泥土里的,但我的麻醉法却也似乎已经奏了功,再没有青年时候的慷慨激昂的意思了。❶

上述文章的最大特点是时间上的模糊。文章开头《新生》的结局和最后部分的绍兴会馆时期之外,没有任何提示时间的标志,而且事件与行为重复、颠倒,没有呈现时间上的先后顺序或者这些被掩盖住了。我们不由产生这样的疑问,就是鲁迅的辛亥革命时期——1911年10月到1912年2月份的描写在文章中哪个部分呢?鲁迅为什么对这一时期进行单独的陈述呢?辛亥革命对他是没有意义的吗?或者其伤痕过于深,有意回避?在上述引用文中值得注意的是,表示强调的部分。"后来想"中的"后来"是什么时候?"这经验使我反省"中的"这经验"指的是什么、又是在什么时候"反省"的?从上下文可以知道,《新生》的结尾之后,感到了寂寞,后来知道其理由,而因为这经验使"我"

---

❶ 柳世宗,全炯俊编译:《匕首和投枪——鲁迅散文选》,图书出版印刷,1997,PP.87-88,《鲁迅全集》第1卷,北京:人民文学出版社,1981,PP.417-418。

反省。因此"这经验"可能指的就是《新生》的结尾。那么，知道理由后，进行反省的"后来"又指的是什么时候？是辛亥革命之前还是之后？笔者认为，鲁迅之所以在这里模糊描述，就是想回避辛亥革命时期的心理产生的结果。从这种观点来看，上述引用中存在两个重叠着的事件，一件事件呈现、而另一件被隐藏。呈现的是《新生》的结尾，被隐藏的是辛亥革命中的经历。两个事件同样在内容上受挫折、结束之后又感到了寂寞。那么，鲁迅是不是经历两件事件之后，就是去了南京，才进行了反思呢。

这样一来，"狂人"与鲁迅传记之间的类似关系，可以不用局限于辛亥革命时期，扩大到更广泛的范围。可以扩大到《新生》的结尾，甚至到弃医从文的决心。日记中，我们可以把狂人的认识分两个阶段（认识到'我'也可以吃人肉的前和后），冒着被公式化的危险，可以代入这时期的鲁迅传记，第一个引起注意的时间是1907年。《新生》的推广受到挫折❶、徐锡麟的起义失败，陈伯平、马宗汉、秋瑾被杀也是在1907年7月。到1907年为止，看作第一阶段的话，这一阶段是相信"振臂一呼应者云集"，是天真的乐观主义、朴素的启蒙主义时期。与这相比，1908年之后的第二阶段是这种朴素启蒙主义受到挫折后，因绝望与悲哀，感到痛苦的时期。在这个时期不断尝试的新的努力，陆续被夭折。1907年12月到1908年8月之间，在留学生杂志《河南》发表的四篇文章（《人之历史》、《科学史教篇》、《文化偏执论》、《摩罗诗力说》）实际上都是1907年之前已经完毕的作品。1909年出版的《域外小说集》，又受到惨重的挫折（3月份发行的第一书销量21本，7月发行的第二书销量为20本，极其不堪的销量）。因逐渐加剧的经济困难，鲁迅无法继续滞留在日本，8月末只能回国。回国后，在封建腐败的教育界任职之后，反复着辞职与复职。

值得关注的第二个时间段是1911–1912。1911年，鲁迅终于迎来了辛亥革命，积极投入到革命活动中。对此孙郁写到"革命是快慰之事，鲁迅一生中还很少那样的投入过"❷。王晓明写到"（革命的展开—引用者）使

---

❶1906年4月份开始推进，1907年夏天，以失败而告终。蒙树宏编：《鲁迅年谱稿》，P.55, P.59。
❷孙郁：《鲁迅与周作人》，石家庄：河北人民出版社，1997。金永文，李时活合译，昭明出版，2005, P.117。

他产生希望,……鲁迅又变成了'拼命三郎'"❶。但不久革命又被反动化,鲁迅的希望也随之破灭,加上人身安全也受到了威胁,不得不离开绍兴。

在鲁迅的传记中,从时间的角度,我们发现两段与狂人向人们喊到"你们可以改了,从真心改起! 要晓得将来容不得吃人的人,活在世上"类似的时期。其中,第一个是辛亥革命时期鲁迅的活动,特别是11月5、6日两天的活动;第二个是1907年的《摩罗诗力说》中的英雄形象("振臂一呼应者云集")。

从上述研究中我们可以得出一个结论:对自己滞留日本时期的活动和回国后到经历辛亥革命为止,进行总体反省,这就是《狂人日记》的深层意义。把"然已早愈,赴某地候补"的结论,解释成屈服于封建现实,明显是错误的理解。呼吁狂人病愈后,应成为反封建战士的人们当然会那么解释。从作品的结尾和整体作品中,已经找出反讽结构,并把结尾解释成作家的怀疑与绝望的人们,也会跟上述人们一样,给出同样的解释。对这些解释,詹姆斯在《处于跨国资本主义时代中的第三世界文学》(1986)中对《狂人日记》进行的分析产生了影响。与其总结,不如直接引用。

《狂人日记》事实上有两种截然不同和互不协调的结局,我们可以从作者本人对自己的社会作用的犹疑和焦虑方面来分析。一个结局是那位患狂想症的病人无法忍受吃人主义而发出了呼叫,他向空虚投入的最后一句话是:"救救孩子……"另一个结局是在序言部分,当那个病人的哥哥(所谓吃人者)见到叙事人时高兴地说,"I appreciate your coming such a long way to see us, but my brother recovered some time ago and has gone elsewhere to take up an official post."在故事的开头便宣布了梦魇的无效,那个患狂想症的幻觉者透视表面而见到了可怖的现实,从而感激地回到了幻觉和遗忘的领域,重新在官僚势力和特权阶层里恢复了自己的席位。只有付出这个代价、只有复杂地运用同时存在和对立

---

❶ 李允姬译:《人间鲁迅》,P. 76。王晓明:《无法直面的人生:鲁迅传》,上海:上海文艺出版社,2001,PP.41-42。

的信息，叙事本文才能够展现对真正未来的具体看法。"❶

而我们上面的论证使得无法赞同詹姆斯的这种结论。反而可以对下列问题进行议论。詹姆斯是否过分强调"has gone elsewhere to take up an official post"？若结尾不是去任"官职(an official post)"，而是"去日本留学"、"担任教师"或"成为报社记者"，是不是又可以成为完全不同的另一种效果？笔者认为这些均大同小异。那么去任"官职"，就意味着屈服于封建现实；去日本留学，就一定会意味着没有屈服于现实吗？而且，此官职具体为"候补"，还没有到与"官僚势力和特权阶层"相等的级别。❷这属于中下级，在这部作品中是下级罢了。(果戈理的《狂人日记》中的叙述者就是下级官员，但成为狂人。)不管官员也好，日本留学、学校老师、新闻记者也好，这些均已摆脱"狂气＝反封建"这种两价性(ambivalence)的世界。(从这时候开始，能够在正常的世界里追求反封建的课题。)在日记的作者与读者，这双重结构当中，重要的是两个世界(两价性的世界和正常的世界)对立，而不是两个结尾(以呼吁救救孩子为结尾和赴某地候补的结尾)的对立。可以更改两个结局的内容，但不可以更改两个世界的性格。因为，更改世界的性格，就会变成另一个小说了。

---

❶张京媛译，《处于跨国资本主义时代中的第三世界文学》，《当代电影》1989年12月，当代电影出版社，P.52(但英文部分是摘自詹姆斯的原文。)上面引用的中文译文中，有过多用意译方式翻译的文章。笔者担心造成误解，作为参考，下面给出英语原文："Diary of a Madman" has in fact two distinct and incom- patible endings, which prove instructive to examine in light of the writer's own hesitations and anxieties about his social role. One ending, that of the deluded subject himself, is very much a call to the future, in the impossible situation of a well-nigh universal cannibalism: the last desperate lines launched into the void are the words, "Save the children ..." But the tale has a second ending as well, which is disclosed on the opening page, when the older (supposedly cannibalistic) brother greets the narrator with the following cheerful remark: "I appreciate your coming such a long way to see us, but my brother recovered some time ago and has gone elsewhere to take up an official post." So, in advance, the nightmare is annulled; the paranoid visionary, his brief and terrible glimpse of the grisly reality beneath the appearance now vouchsafed, gratefully returns to the realm of illusion and oblivion therein again to take up his place in the space of bureaucratic power and privilege. I want to suggest that it is only at this price, by way of a complex play of simultaneous and antithetical messages, that the narrative text is able to open up a concrete perspective on the real future.（Social Text, No. 15, Duke University Press, 1986, P. 77）

❷詹姆斯所读的文本可能是杨宪益和Gladys Yang翻译的"A Madman's Diary"。所以，他把杨氏夫妇译文中的"take up an official post"作为自己研究的依据。但是此英文译文，完全没有体现出鲁迅原文中的"候补"的意思。"候补"就是"清代官制，只有官衔而没有实际职务的中下级官员，由吏部抽签分发到某部或某省，听候委用。"

以我们看来，其结论意味着摆脱"狂气＝反封建"这种两价性的世界。离开这种等号世界的"狂人""赴某地候补"，而鲁迅则任"教育部部员"。而等待他们的是寂寞、悲哀与痛苦。但这些还没有就此结束，而是成了反省的基础。在这一点上，这些不仅仅是否定性的。这一点非常重要。

借助金炫的语气描述《狂人日记》，自我是因为不愿意沦陷于痛苦而分裂的，一个自我在反省、一个 自我被反省、另一个自我（藏在后面），把这种反省变成艺术。反省的结果，痛苦找到可以克服的契机、产生有新展望的可能性。把《狂人日记》看成作家鲁迅潜在的自我、被反省的自我时，这部作品的意义变得更加深刻、丰富。就像前面引用过的王富仁，如他所说，[1]鲁迅"和狂人不同"，如果说"直到人生结束的时候，站在现实的土地上，为理想而斗争，虽然身体置身于传统和封建文化中，但是他是寻找新文化出路的战士"。笔者认为，鲁迅是通过"狂人日记"中进行的深刻而丰富的自我反省之后，才塑造了《狂人日记》之后的鲁迅。

---

[1] 全炯俊编译：《阿 Q 正传（鲁迅小说选）》，P.239。

第二部分
再次从文化走向文学

文化间翻译一小考——同周蕾的对话 [1]

对有关后殖民主义翻译理论进行一般性考察并非研究中国文学学者们的职责。但因当今的中国文学研究受到了后殖民主义翻译理论不少的影响,因此中国文学研究者们不得不进行相应的考察。如不其然,举例来说,便很难决定如何接受本文中的对话对象周蕾(Rey Chow)[2]在其著作《原初的激情》(《Primitive Passions》)中所提出的各种主张。

周蕾于1957年出生于香港,毕业于香港大学,其后于斯坦福(Stanford)大学取得博士学位,现为布朗(Brown)大学的教授研究媒体学与比较文学。1995年周蕾出版了由加利福尼亚(California)大学出版部印制的《原初的激情》,周蕾因此书获得了现代语文学会(MLA)的"James Russel Lowell"奖。此书主要的研究内容为现代中国电影,并且以后殖民主义观点展开了她的论述(也许后者更是作者主要的研究目的)。但是对于一个研究中国文学的韩国学者来说,书中提出的主张以及某些论述,有些部分不容忽视。这问题最明显在作者周蕾依自己的后殖民主义翻译理论阐述的结论部分。此书已在10年前出版,但韩国直到1年前才出版了由郑在书教授翻译的韩文版,出版后在韩国学术界引起了不小的影响,因此笔者认为如今应该产生对此书批判性的读解。这种批判性读解也可以是对作者的批判,也可以是对"自我"的反省。

从后殖民主义翻译理论的角度来看《原初的激情》,结论部分中作者的论述看起来有些繁杂,我们不妨对其进行扼要整理。

关于人类学的跨文化的讯息传达研究转变为翻译研究的现象大约出现在80年代中期。Talal Asad的小论文《英国社会人类学中文化翻译的概念》,

---

[1]《文学场》2005年秋季刊发表初稿,修改补充的第二稿《中外文学》第406号,台湾大学外文系,2006年发表,再次进行了少许的修改和补充。
[2] 2013年起任杜克大学教授,主攻批判理论和文化研究。

Johannes Fabian 的著作《语言与殖民权力》，James Siegel 的《新秩序的独奏》便为其代表，这些小论文和著作都于 1986 年发表出版。这些著作都疑虑"人类学者们对'本土人'的理解并非像以往所想的那么简单"，❶同时它们也成为后殖民主义翻译理论的先驱。继此之后，Vincente Rafael 的《殖民主义的契约》(1988)，Eric Cheyfitz 的《帝国主义的诗学》(1991)，特贾斯维莉·尼南贾纳的《为翻译定位》(1992) 等出现之后，后殖民主义的翻译理论才真正地拓展开来。

关于后殖民主义翻译理论有几个不同观点。我们先简单地介绍一下 Douglas Robinson 对这几个观点的分类整理❷：

其一，将翻译视为"有害且致命的帝国工具"的观点（Cheyfitz）：霸权文化对周边文化的翻译意味着将周边文化的文本 (text) 翻译为本国的用语（同化翻译），从而消除文化间的差异（对周边文化的破坏）。这种观点一般是与本土人主义相结合的，将翻译之前的本土人世界视为善，而将进行翻译的殖民权力视为恶。这种论述持续下去将会产生抵制翻译的现象。

其二，认为翻译可以对去殖民化（decolonization）产生正面影响的观点（尼南贾纳）：反对同化翻译，主张异化翻译。异化翻译从 Schlegel 兄弟、Goethe、Schleiermacher、Humboldt 起到本雅明，由德国浪漫主义传统发展而来的新直译主义（字字精确、单词对单词的译法）有关。这种观点期待异化翻译能够保留并体现差异和多样性，并重视"抵制讯息传达"。

其三，认为翻译可同时适应和也可抵制的观点 (Rafael)：Rafael 考察了早期在西班牙殖民下的菲律宾他家禄（Tagalog）族对有关于基督教改宗的西班牙语的词汇、语句以及改宗教等文化实践中产生的误译状况。这与前两种观点中所指出的将殖民地文化（周边文化）译为宗主国文化（霸权文化）的观点不同，反而是相反的状况。不仅如此，这种观点也涉及混合性（hybridity）问题。一旦重视语言的混合性，就会出现克里奥（Creole）语、二重语言等的问题。

在《原初的激情》的结论部分的开头，周蕾提出疑问："指责中国的电影导演们更迎合外国观众的喜好而忽略本国观众的批评家们，是否优先看待中

---

❶ Douglas Robinson(1997), Translation and Empire, Manchester: St. Jerome Publishing: Chung Hye-Wook 译：《翻译与帝国》（2002），首尔：东文选出版，P.14.

❷ Douglas Robinson(1997), Translation and Empire, Manchester: St. Jerome Publishing: Chung Hye-Wook 译：《翻译与帝国》，PP.166-177 参考。

国文化的某种'固有的本质'呢？"❶作者的这种论述已是采用了上述的第一种观点。即：在西方进行的翻译有一大问题，那就是在不平等关系中所进行的翻译往往会扭曲变形非西方文化。而且她并不认同中国批评家的批评。因为那种批评是"出于防御本土主义（defensive nativism）的"（178）并且是抵制整个文化翻译的行为。我们也可以说，这就是上述第一种观点所具有的本土人主义和抵制翻译的态度。(但是我们应该注意的是，上述第一种观点是指西方人对非西方文化进行的翻译，但周蕾所举例的张艺谋电影是由中国人自己所生产的文化产物。从后殖民主义翻译理论的角度来看，可说张艺谋的电影是周边化文化成员们不得不用的'为翻译而作之文章'，但它自身终究不是'翻译'的作品。另外，第一种观点中所说的本土人主义和抵制翻译是西方人的，并非本土人的。而周蕾所说的本土主义和抵制翻译的现象则是针对"本土人"而言的。)

结论部分的第三小节（"翻译以及起源问题"）和第四小节（"作为文化反抗的翻译"）中，周蕾基本上是采用了上述的第二种观点所阐述的异化翻译来展开了她的翻译理论。她将异化翻译的主要学者尼南贾纳及本雅明的逐语译与自己的再译观点相结合，提出了"从讯息传达中解脱出来"的主张。但周蕾试图对本雅明在《译者的任务》(*Die Aufgabe des übersetyers*)❷中改进的"逐语性（Wörtlichkeit）"概念作新的解释。她重视的是"语言的补充（linguistic supplementarity）"。按周蕾的观点，原文为自我分延（self-différance），而译文则是替补（supplement）。主张原文为自我分延本来是保罗·德曼等解构主义者（deconstructionist）们的见解，主张翻译为替补是来自于本雅明的解释，就是指原文中所没有表达出来，而潜在于"意图（intention）"的，只能靠替补才能解读出来，而翻译正可以实现这层意义。保罗·德曼的翻译理论着眼于原文自身的分延性，反之，周蕾则强调翻译的替补作用，这就是两者明显的差异。周蕾的这种创意第一是想确保一种沟通的可能性。这与异化翻译理论中强调的"抵制讯息传达"恰好相反。第二她予以分解原文与翻译这二元对立的公式。这个二元对立是以原文的稳定性（或是原本性，纯粹性）为前提的。不论同化

---

❶ Rey Chow(1995), Primitive Passions, New York: Columbia Univ. Press, P.176。下文中对此书的引文将只在括号中做页码标记。韩文版《原初的激情》，郑在书翻译，移山出版社，以2004年的翻译为标准。

❷ 1923年本雅明将Baudelaire的Tableaux Parisiens翻译为德语，他在德语译本做文《译者的任务》为序。

翻译的毁损了原文，异化翻译有意保留原文，但这些都不外乎是在二元对立的公式中的。在这里周蕾想表达则是原文，也就是说真实的历史、文化、语言自身的不稳定性。换句话说，在翻译毁损原文之前，其原文已经是被毁损的了。因此，周蕾引用了Fabian的"同时代性（coevalness）"的概念。其实就是需要能够跨越东方与西方、原文与译文等两元对立，"将两者同视为具备参加现代世界文化资格的、既实利且大体都已腐败的、颓废的参与者"（195）的概念。换句话说，周蕾本人引用的迪佩什·查卡拉巴提的话，则是以印度为例来讲时，与"分解'欧洲'的同时，也应该将'印度'问题化"（195）话等同。

以上大约表现了后殖民主义理论的两个观点与周蕾的关系，第三个观点与周蕾的论述之间的关系并不明显，而周蕾自己用独特的翻译理论展开了她的论述。

在周蕾看来，异化翻译理论（即尼南贾纳）之所以并没有跨越原文与译文这个两元对立结构（不平衡的权力关系），是因为将翻译限定在文学以及文字文化这个框架之中。所以，周蕾主张应该将翻译概念扩大为文化之间的翻译。对于文化之间的翻译，在文中出现两次详细的说明。一是在第六小节（"衰弱、流动性以及世界的寓言化"）中提到：

如今文化翻译不能仅仅被认为是语言上的翻译或西方和东方间的语言翻译。反而该将文化翻译视为无法统合成特定的语言或标志的方式，而要视为展开各种不同符号体系的社会集团之间共时的交换和斗争。因而要考察文化翻译或文化之间的翻译应该要超越语言和文学语言、将收音机、电影、电视、录像、流行音乐等大众媒体都要纳入其中观察。(196-197)

另外一处为第二小节（"被观赏的重要性"）中，引用托马斯·埃尔泽塞尔对新德国电影研究的研究之后提到：

埃尔泽塞尔的文章提出在电影中至少有两种类型的翻译而且这点非常重要。其一，留下深刻印象的翻译，即：将一代人、国家、文化被翻译或替换为电影。其二，将传统的变容或媒体之间的变换的翻译，即：将根源于文字文本周边的文化转变及翻译为形象支配的文化。(182)

如此，文化间的翻译就具有多重意义。它既包括一个国家和另外一个国家文化之间翻译的传统意义，也包括文字文化的产物—小说转变为视觉文化的电影媒体这层意义，最后还包括一代人、国家、文化转写为电影媒体的意义。《原初的激情》中论述的现代中国电影❶，大多数为小说改编而来的，但是书中主要将其设定为第三种意义上的翻译。后殖民主义翻译理论所说的翻译是非西方的语言和文化被翻译为西方语言的问题，反之，周蕾透过现代中国电影所说的翻译是中国人本身将中国的一代人、国家、文化翻译为电影的问题。

对于电影翻译的特征，周蕾再次借用了本雅明的 arcade 概念进行说明："如本雅明所说，'逐语性'是一个 arcade、通路。"（200）arcade 是展示商品的商街通路。如上所述，异化翻译理论中将本雅明的'逐语性'视为"抵制讯息传达"，而周蕾相反地，视其为一种传达的可能性和容易接近的途径。换言之，arcade 在异化翻译理论中，认为只是一种展示而非传达方式。但对于周蕾而言，arcade 是透过展示来实现传递和接近的。前者立足于抵制同化翻译式的讯息传达，而后者固然也反对同化翻译，但它也同时反对批判同化翻译的抵制翻译的主张。此外，前者是针对语言的研究，而后者是针对电影的研究，这一点也是两者的相异之处。（实际上，本雅明开始也是针对语言的主张）电影除了台词之外，剩下的都是与语言毫不相干的，而是展现视觉对象给观众的作品，因此，可以强调 arcade 展示的传达与接近功能。那么，在现代中国电影这个翻译的 arcade 所展示的为何呢？ 周蕾认为那就是女性这原始的存在：这个存在"暴露了腐败的中国传统"同时，"模仿及反讽了西方的东方主义"（202）。即：这些电影中所记录的"并非只是第三世界，而是影射于西方他者的眼中的、反映于西方他者的手工艺品中的西方本身"（202）。这是采用了"同时代性"这个概念且跨越了东西方二元对立的结构而做出的解释。按照这种解释来说明的话，中国批评家们的指责是不适当的，而透过这些电影看中国的野蛮性的西方观众们所做的反应也成为是不适当的行为。

笔者认为周蕾对现代中国电影进行的结论性分析是十分值得尊重的，其洞察力也是值得肯定的。但是我们（即，研究中国文学的韩国学者）对作者为了树立这个结论而进行的各种局部性论证却存在难以苟同之处。严格地说，我们也可怀疑作者为了提出这些结论所进行的论述及其过程是否必要。在这里笔者

---

❶《神女》、《老井》、《黄土地》、《孩子王》、《红高粱》、《菊豆》和《大红灯笼高高挂》等。

将提出几点疑问：

1）文学以及文字语言是西方统治的基础，它本身就具有暴力的结构、不平等结构，原文与译文是因禁于二元对立的框架中吗？反之，电影和视觉文化为削弱西方统治的基础做出了贡献（或者说可能做贡献），他们超越了暴力性结构、不平等结构（或者说可能超越），从而它们就能从原文和译文的二元对立的框架中解脱出来吗？我对周蕾将文学及文字语言和电影以及视觉文化的这种区分难以苟同。周蕾的重要前提为文学被因禁于现代的暴力结构框架中（因为文字本身是如此），而电影则已从中解脱或能解脱出来的（因为视觉提示本身是如此），并且，在后现代主义的时代中，文学正被电影所替代。在这里，她将现代文学和前现代文学视为一体而论，但我的观点却不同。我认为现代文学和前现代文学的区分至关紧要。并且，在现代文学中，对波德莱尔之前和之后作区分也是十分重要的，现代文学和电影两者同为现代的、同可能变为去现代性的。再者，笔者认为文学和电影并非是对立或者可以替代的关系。面包和面条可以互相取代，但衣服和鞋子却并非如此，而文学和电影的关系也应属后者。笔者反而认为文学和电影之间可以成立一种同盟关系。❶文学和电影之间不仅体裁的特性相距甚远，其中关键性的差别在于一个作品被外国读者阅读时，文学只能透过翻译才能达到沟通，而电影则不需翻译亦可实现（严格地说，大部分的电影若不经过文字翻译，即字幕或配音则不能实现完全的沟通，这里将这个问题暂作保留）。但是并不认为这种差别能成为周蕾式的区分法的充分依据。这种区分法的意义仅在于作品（用语尽管有些陈腐，但只能如此称呼）同读者或观众之间的沟通问题上。原文和翻译的问题则是毫不相干的。因为文学作品用 A 语言创作出来，译为 B 语言之后才将原文和译文的做区分。但周蕾的论述是将现实视为原文，将电影视为译文。那么，如此说来，视觉提示直接说服观众已经缓和了语言翻译问题，但在解决电影的原文和译文这个二元对立的问题上倒应该说是毫无相干的。❷

---

❶顺附小见，笔者认为本雅明关注电影，其焦点并非在于论证电影的视觉性而旨在论其大众性。参照：《技术复制时代的艺术作品》（1936）。

❷虽然不是结论部分的内容，开头两节（《一个 newsreel 改变了近代中国史：重谈旧事》和《文学记号脱中心化》）以鲁迅为例对于文化中心从文学（文字文化）移行到电影的现象进行了详细的论证。笔者作为文学研究者特别是鲁迅研究者认为对此应该进行不亚于结论部分的对话。这将单独作为另外一篇论文进行细致的探讨。

2）尽管论述会有些零乱，但还是有需要考察的问题：周蕾使用替补（supplement）这个词时有所不妥。首先假设她使用的是德里达所说的替补，例如文中陈述道："Harry Zohn 替补的翻译是将按本雅明称作原文的'意图'的方式潜在于原文中的某种意义明确显现出来的"（186），这里似有不妥之处。德里达的替补是指代替原本就不存在的（现前的丧失。不言而喻它同"潜在"是不同的）。即：对德里达来说，现前本来就不存在的、只有替补。照此说法，将潜在于原文中的意义明确显现出来的并不能说是替补。❶ 如果将周蕾所说的替补看作卢梭所说的替补也同样存在问题。并且，卢梭的替补是具有诱惑性的、否定性的（"具有危险性的"），同周蕾的意图更是大相径庭。上述引文中所提到的替补大约与我们一般所说的"补充"的意思更为相近。但是周蕾在主张"原文是自我分延（self-différance）的，翻译本便是替补"时所说的替补显而易见是指德里达所说的替补。可是这也一样奇怪。对德里达来说，意义既是分延又是替补。如此说来，原文也是分延也是替补的，而翻译也同样是分延又是替补的这层意思应与德里达的本意相吻合。那么，与周蕾用心良苦的批判相反，倒可说保罗·德曼的理论与德里达是相符的。笔者认为周蕾之所以有意使用替补这个词是予以反对抵制讯息传达、想要夸大翻译的传达作用和接近作用，有意逆转或分解原文和译文的先后关系。但尽管如此，此书也无法避免词语的使用过于主观。再详细探讨的话，周蕾认为翻译能够显现原文中潜在的某种东西（意图）的想法可见是根据本雅明的翻译论而来的。可以说周蕾的论述策略就事将德里达的替补概念与之结合。但这种论述的策略有点不适当。此外，有关周蕾对本雅明的理解也应该有进一步检讨。本雅明所说的"意图"并非指一般我们所说的"意思"或"内容"，它是同本雅明所说的"纯粹的语言"这个概念相关的。本雅明的《译者的任务》这篇论文实际上与其说是翻译理论，不如说是一篇有关语言哲学的散文。周蕾所说的"潜在的某种东西"指的是以现代中国电影中的"女性这原始存在"为例说明的某种东西。但是本雅明所说的"意图"则是指"纯粹的语言"："反而超越历史的所有语言之间的和谐性，只有在作为一个整体存在于各个语言之中的意图，也就是单靠个别的语言无法实现、只能靠各个语言之间的相互作用才能实现的、依赖于整体性的、

---

❶再举例而言，"在这个重要关头，我们对民族志学的论争也应用翻译理论来替补"（181）这个陈述也不恰当。

语言自身内在的意图(我们可以称之为纯粹语言)才能被体会。"❶ 对下述两部分也是周蕾自身引用过的（188/187）。这里，我们看到的并不是德里达的"替补"概念或周蕾所指的"意图"，而是本雅明的神秘主义语言哲学："翻译不求与原文完全一样，而是应该对原文的意指方式细腻周到地融会于自身内部。从而应该使原文和译文就如碗的碎片是碗的一部分一样将它视为一种更大语言的碎片。"❷"译者的职责是将被监禁于另一种语言魔法中的纯粹语言（引用者强调）从本身的语言中解放出来，将困在作品中的语言在重新创作的过程中将禁于其中的语言解放出来。"❸ 上述两段引文之间有一段本雅明的话虽然周蕾没有引用但本雅明还说道："相反地，从意义的角度上来看，翻译的语言并不是重现原文的意图（intention）而是作为一种和谐（harmonie）、作为传达意图的语言的补充（Ergänzung），应该也能够将固有的形态发展开来"❹。Harry Zohn 将 Ergänzung 译为 supplement，从文脉来看，似乎译为 complement 更为恰当 (complement 是内的补完, supplement 是外的补充)。就算即便是使用了译语 supplement，从内容上来判断可知它并非指德里达理论中所指的替补，显而易见它指的是一种通常意义上的补充。总之，本雅明的翻译论并不是文字意义上的翻译论，而是一种语言哲学（而且是一种神秘主义的语言哲学）。从而不论是周蕾在这里发现"潜在于原文中的某种东西（例如：原始的存在）传达的可能性"观点还是异化翻译论者发现"抵制传达讯息"的观点都不免要被怀疑为断章取义或牵强附会的结果。反倒是德里达对本雅明的语言哲学做出了准确的判断。"不能形成一种和谐（accord），纯粹语言在'核 (noyau)'的'黑暗内密 (I'intimité nocturne)'中，以隐藏的、被遮蔽的、被禁锢的形态存在其中。只有翻译才能使它们现身。"❺ 德里达的这个陈述准确地指出了本雅明

---

❶ 引用者强调，引文所依据的韩语译本是德文学者潘星垣教授由德语原本翻译而来的。《本雅明的文艺理论》，首尔：民音社，1983，p.324。

❷ Walter Benjamin, Illuminations, Translated by Harry Zohn, New York: Schoken Books, 1985, P.78.

❸ Walter Benjamin, Illuminations, Translated by Harry Zohn, New York: Schoken Books, 1985, P.80.

❹ 引文为德语原本直译而来。Walter Benjamin（1977），P. 59。

❺ Jacques Derrida, Des Tours de Babel, Psyché: Inventions de I'autre, Paris: Galilée,1987, P.233.

翻译理论的核心内容就为纯粹语言。他还说到"翻译在这些样式（modes：意图的样式—引用者）之间应该寻求补完（complémentarité）或和谐（harmonie），进行生产或再生产"❶。如上文所示，这里使用的不是supplémentarité，而是complémentarité这个词。❷

3）我们有必要回顾一下按周蕾式扩张翻译概念是否恰当或是有效的。将文学作品的电影化称作翻译这说法是否恰当也是值得考虑的，特别是将中国电影视为中国人对中国的一代人、国家、文化进行的翻译的话，那么所有的文化产品便都成了译文。如此，译文便无所不在，那么翻译这词究竟还有何意义？（我们曾一度将所有东西都称为"现实主义(realism)"，从而反倒抹杀了现实主义。）埃尔泽塞尔将"transcription"和"translate"以及"change"等词并用（韩文译者郑在书教授分别将其译为转写、翻译和移行），周蕾引用了埃尔泽塞尔之后，选择了"translate"这个词。而她否定重现的可能性，不只重现，使用反映或形象化、表现等词来表述是无法被接纳的，所以取而代之用翻译这个词并非不可，但此时应该严格区分语言之间的翻译与由小说到电影的、一种文化之间的翻译。认为电影是对现实的翻译的时候，并不能说解决了这个翻译问题就可以解决语言之间或文化间的翻译问题。周蕾却将两种翻译混为一谈，从而在范畴上产生了错误。

4）语际翻译中，周蕾考察的都是将非西方的语言翻译为西方的语言的情况。后殖民主义理论大部分都如此，所以也并不足为奇。可是如上所述，后殖民主义翻译理论的第三个观点中，拉斐尔论述了将西方的文化翻译为非西方的语言的情况。（并且他的论述过程中有不少值得我们聆听之处）而周蕾对此却只字不提或是一步越过，直接论述自己文化间翻译（不将语言的差异视为问题，亦不将东西问题视为问题）的论述。而且，从研究中国文学的韩国学者的立场上来说，将中国文学和中国文化（即：非西方文学和文化）翻译为韩国语（即：非西方语言）这个重要问题却并不存在于周蕾的视野之内。后殖民主义的翻译理论是专门考察以不平等关系为前提的翻译，所以可以说这是正常的反应。但

---

❶ Jacques Derrida, Des Tours de Babel, Psyché: Inventions de l'autre, Paris: Galilée, 1987, P.233.

❷ 德里达通用Ergänzung的法语译文supplémentarité和complémentarité。例如他将Sprachergänzung译为supplémentarité linguistique。

是如果试图将后殖民主义翻译理论普及化后成为一般翻译理论的话，那么就不仅是要考虑东西方之间的翻译，而必须考察东西方内部之间的翻译。（有必要回顾一下周蕾多次引用的本雅明的翻译论所设定的语言之间的翻译实际上是何种情况）。即使不是出于一般理论化的目的，至少为了让本身有所反省也应该进行这种考察。

5）与4）相关，有必要注意到书中谈到的有关翻译者身份问题既有趣又令人吃惊的部分："我们将一种语言称为'原本(original)'，另外一种称为'译本'（非原本的、'派生'意义上的)。这种用语隐藏着的是：'非原本（unoriginal）'的语言有可能是译者的'母语（native tongue）'-original 语言的事实，也就是说，译者所做的翻译有可能不可避免地以她的母语（original 语言）来取代实际上非他的母语(original 语言）的'原本（original）的语言'"（183）。这里周蕾所说的"有可能"实际上不正是大部分翻译中所出现的一般现象吗？不论是同化翻译还是异化翻译都是由译者将对自己来说为外语的原文翻译为自己的母语的问题。换言之，翻译者将原文的语言翻译为本身的语言是一般现象（甚至拉斐尔举例所说的他家禄族也不例外）。而将自己母语原著翻译为外语的成功事例十分罕见。笔者个人也不例外，尽管能够将汉语原著译为韩语，但反之却不能胜任。这里恰逢都用 original 这个词，但意指原著的 original 和意指翻译者母语的 original 是不同层次的两个概念。

6）现代中国电影是为了给西方观众观看而制作的吗？尽管在参加国际影展或是出口到外国市场时主要的观众是西方人，但在此之前中国电影首先设定的观众还是中国人本身。即便是这些电影在中国国内禁播，而在国外得到肯定之后才受到国内瞩目，目的也自不待言。甚至即使是为了在国际影展上获奖而制作的电影也很难将其断定为仅仅是为了给西方观众观看而制作的。可以说张艺谋确实有向西方观众展示的意图，但将电影的所有内涵都视为这种意图的产物是不恰当的。因为在这种意图之外或跨越这种意图（甚至是同这种意图相反的）的内在的东西更为重要。《老井》和《孩子王》等电影便更是毋庸置疑。认为这些电影是为给西方观众观看而制作的这种观点本身难道不已经体现了西方中心主义吗？这种西方中心主义进一步得到深化的话，会导致一种啼笑皆非的说法，即：电影《红高粱》的原著莫言的小说《红高粱家族》也可以说成为西方读者而著的。甚至很有可能周蕾已经在这样主张了。对此，可能会出现类似下列的回答：尽管原来的小说不是为给西方人观读而写，但在制作为电影的时候，张艺谋将其改为为西方人观看而制作的电影了。但这种回答中存在着一个关键性盲点，即：认为主要责任不在于电影《红高粱》，而在于小说《红高粱家族》本身是为了将自己展示给西方观众这种诠释实际上将电影和小说一同定义为西方观众而制。

7）将现代中国电影视为自己的民族志的观点也同西方中心主义相关。反对西方人所制造的民族志，从本身的主观起源出发来创作自己的民族志是可能的事情。并且电影可能为非常优秀的民族志媒体，如上所述，以视觉效果的方式能够具备多方面的优点。但是，并不是大部分中国电影都是要作为自己的民族志而制作的。这正犹如美国电影或法国电影不是作为自己的民族志而诞生的一样。只不过在西方人的眼中，将它们作为自己的民族志来读解。但西方人对非西方文化产品感兴趣的就只有民族志吗？我对于最近的文化研究中流行的民族志这个概念无法苟同。我感觉这个概念本身带有一种殖民主义暴力色彩。这个概念排除了第三世界的文化产品中不包括在民族志概念之中的东西，也排除了包括在民族志概念中的内容所具备的其他面向，尽管有时候其他面向更为重要，但这个概念却仅仅强调民族志这一个面向。即便说它作为西方人感兴趣和喜好事项，我们可以谅解，但我认为我们第三世界的人本身却不能坠入这个概念中。

8）周蕾将中国批评家们称为"本土主义批评家"。民族主义（尤其是民族主义右派的）倾向较严重的情况下称之为本土主义是不无道理的，但是中国的批评家当中并非只有本土主义批评家。如果这样提出异议的话，可能会出现这样的答案：中国的批评家可分为本土主义批评家和西方化批评家两种。但是，实际情况却并非如此单纯，中国的批评界与各种不同倾向共生共存。将其分为本土主义批评和西方化批评这种二分法本身就是西方中心主义的观点。如果中国学者如此反驳的话，可能这种反驳本身会被定义为本土主义。但笔者并不是中国学者，笔者是韩国学者。笔者这样说，也许有人会指责笔者是在将韩国的情况投射于中国。而最近在韩国流行的一个笑话与此相仿。即：世界上有两种人，一种是喝酒的，一种是不喝酒的。这个笑话是只有在将喝酒作为划分人类的唯一绝对性标准时才成立的（当然这里是反讽式的划分）。同样，我们必须注意到"本土主义"这个概念本身有可能剥夺以这概念所规定的人们的发言权，或是在原则上已经伤及了这些人发言的正当性。

9）最令笔者吃惊的是文中所述："这种不平等是古典人类学运转的前提条件，这成为我们接近西方的'他者'的唯一方法。"（177）这一部分。这里所说的"我们"究竟为谁？从狭义上来说是西方的白种男人，但从周蕾本身也包含其中的语气来看，应该是指包括跻身于西方社会的第三世界出身的学者等西方人整体。照此而言，周蕾便是站在西方人的立场上而发言的。周蕾自然不赞同这种不平等现象或古典的人类学，并表示极力反对且力图克服的，上述引文中即可确认此种观点。但是"我们"这指称将古典人类学的实行者以及对其进行反对的后殖民主义的主导者们一概而论。这里更重要的是明确区分第三世界人们，而第一世界内部的立场区分可以纳入予"我们"这个指称之中，而周蕾本身也包含在"我们"之中。周蕾本身属于西方，而不属于西方的他者。这个主张背后究竟隐含着周蕾的何种苦恼？这难道是第三世界出身的知识分子为了在美国学术界中获取一席之地的战略吗？他们身处夹缝之中，难道不是言及第一世界时，采取流寓的立场、而言及第三世界时则采取第一世界的立场（作为证明第一世界在自身反省的反证）的吗？笔者突然对美国现行的后殖民主义话语产生了疑惑，它们大多打着批评国际不平等关系以及消除这种关系的幌子，但实际上是为了贯彻对非西方的怀柔政策。例如，周蕾对尼南贾纳的评价中便可窥见一斑。"尼南贾纳的意图尽管在政治上富有洞察力，她尽管成功地逆转了东西方的不平等以及权力关系，但在却在逆转'原文'和'译文'之间的不平等及权力关系中失败了"（192）。周蕾将其失败的原因解释为尼南贾纳将翻译局限于文学和文字语言中。但是我们在追究其失败原因之前不妨先看一下所谓逆转的失败究竟有何含义。尼南贾纳所说的原文是指东方的，而译文则是指西方的。如果说历来的同化翻译在一方面使东方服从于西方的同时，另一方面也使原文服从于译文，那么尼南贾纳所主张的异化翻译则是拒绝这种服从、恢复东方/原文权利的翻译。拉斐尔与尼南贾纳不同，西方是原文而东方是译文。他家禄族的游戏性变译能够颠倒西方和原文对东方和译文的支配关系（对于东方人来说，翻译西方的过程中，拉斐尔反而要比尼南贾纳更受瞩目）。总而言之，前者是东方—原文对西方—译文的结构，而后者是西方—原文对东方—译文的结构。后者将逆转西方和东方之间的先后支配关系和逆转原文与译文之间的关系同一化。反之，前者逆转西方和东方之间的先后支配关系反而在原文与译文之间的关系中强化了原文的权力。周蕾尽管指出了这一点，但如果这里逆转原文和译文之间的先后支配关系的话，这时又有什么能够保障这种翻译不重新回到以前的同化翻译（这种翻译难道不是完全逆转原本和译本的权力关系的吗！）呢？ 后殖民主义话语中，这是一条非常敏感的、小心翼翼的事案。东方为原文的情况下，强调一律反原文的后殖民主义话语反而会意想不到的成为西方的新统治助长之力。也或许是周蕾误用了单词。即：将"解构(deconstruct)"的意思误用为"逆转(reverse)"。

尽管疑点重重，但周蕾最后的结论还是值得尊重的。因为她发掘了现代中国电影所具有的跨越东西方二元对立的普遍性意义。正是在这种前提下，希望我的论文中提出的各种问题能被读解为予以同她联袂的对话。正如周蕾对本身和尼南贾纳之间所取的"下列批评并非是对她理论的对抗，而希望能读解为予以同她联袂的对话"(190)。同周蕾此书的对话启发了笔者的一个想法，即：作为一个研究中国文学的韩国学者应该切实地对具体的文化间翻译进行研究。台湾作家黄春明于1971年发表的短篇小说《两个油漆匠》于1986年在韩国第一次被"翻译"为话剧《七洙和万洙》，而后于1988年又重新被"翻译"为电影《七洙和万洙》。这个翻译具备非西方的两个国家之间的文化间翻译和文学与电影之间的文化间翻译这双重意义，笔者期待对其的分析能够成为好的对话数据。

东亚内部的文化间翻译
——黄春明小说与韩国的话剧和电影[1]

首先笔者想对此次的报告背景稍加说明。笔者对《原初的激情》中周蕾的文化间翻译论进行了批判性考察后,曾经说过"在进行这次对话的时候产生了一种想法,即:作为一个研究中国文学的韩国学者应该对具体的文化间翻译进行一次研究。台湾作家黄春明1971年发表的短篇小说《两个油漆匠》于1986年在韩国首次被"翻译"为话剧《七洙和万洙》,1988年再次被"翻译"为电影《七洙和万洙》。它既是非西方的两个国家之间的文化间翻译又是文学和电影之间的文化间翻译的一个典型范例,希望对它的分析会成为很好的对话数据。"(《文化间翻译一小考——同周蕾的对话》,《中外文学》2006年3月)。此文正是出于实现上次的话而写的。

周蕾的文化间翻译论中所讨论的主要是把非西方文化翻译为西方语言的情况。这跟后殖民主义翻译理论的一般倾向同出一辙。(在此对这种一般倾向暂且不议)。但如果将研究对象仅限于此的话,非西方内部的翻译和西方内部的翻译将被排除在视野之外。由于后殖民主义的翻译理论是专门考察以不平等关系为前提的翻译,所以它倒也显得顺理成章。但非西方和西方的关系终究不全是不平等关系,反之,非西方内部的关系或西方内部的关系也未必全是平等关系。当然,后殖民主义翻译理论对不平等关系中的翻译进行了准确考察这一点笔者也表示认同,但对其自居翻译一般理论地位这一点表示反对。以不平等关系为前提的翻译仅属于翻译一般的特殊部分。笔者之所以要考察东亚内部的一个翻译范例旨在唤起这一点。如果把周蕾式理论推进到底的话,语言差异和东

---

[1] 2006年10月在台湾清华大学举办的第五届东亚学者现代中文文学国际学术研讨会上发表初稿,丘贵芬,柳书琴共编:《台湾文学与跨文化流动》,台北:行政院文化建设委员会2006年记载,修正・补充第二稿在《中国文学》51号,韩国中国语文学会,2007.5发表,再一次修改补充。

西对立都不成问题的文化间翻译可能性只能排他性地存在于视觉文化——电影中，但光是看东亚内部的翻译，我们就可以发现那种文化间翻译的可能性并不能被视觉文化——电影所独占，而文字文化——文学也依然存在其可能性。关键并不在于选择是电影还是文学，而在于无论是电影还是文学所共通的某处，对其笔者想我们已经不言而喻。

黄春明的短篇小说《两个油漆匠》是于1983年第一次被介绍到韩国的。大约是在1982年12月，当时在中文系读硕士的笔者收到创作与批评社的邀请，被要求翻译几篇黄春明的短篇小说。笔者想应该是因为那年初笔者通过新春文艺作为文学评论家登上了文坛，正开始积极参与文学评论活动，出版社得知笔者的专业为中文学后所以才托笔者翻译的。小说家李浩哲先生曾把日语版的黄春明选集《莎哟娜啦·再见》(田中宏，福田桂共译，文游社，1979)翻译为韩文，而创作与批评社准备将其作为第三世界丛书的第六卷出版，但因其页数有些不足所以邀请笔者从中文原本再翻译两三篇。从日文版重译过来的作品有《莎哟娜啦·再见》、《看海的日子》和《苹果的滋味》，笔者从中文直接翻译过来的作品有《两个油漆匠》、《阿屘与警察》、《溺死一只老猫》❶ 等三篇。当时初遇《两个油漆匠》后所受的感动笔者至今记忆犹新。

1986年当时韩国的代表进步剧团"演友"排演了《七洙和万洙》这个话剧。虽然当时并没有指明，这个话剧其实是根据黄春明的小说《两个油漆匠》改编或取材而来的。据说当时韩国语版的《黄春明选集》被列为禁书，所以写剧本的人无法言明。❷《七洙和万洙》的话剧剧本是由剧作家吴钟佑完成，在排戏的过程中又由导演李相禹（音，下同）进行了一定的修改而最终完成。虽然他们两位和笔者十分熟识，但笔者却不曾向他们介绍过《两个油漆匠》。也就是说，是他们两位直接从创作与批评社出版的《黄春明作品集》中发现的这部作品。

1988年当时刚从法国回来的韩国新秀导演朴光洙拍制了处女作《七洙和

---

❶ 李浩哲先生对此说"只有《阿屘与警察》、《两个油漆匠》、《溺死一只老猫》这三个作品，中国文学研究者全炯俊将其从中文原本翻译过来，同时也将日文版的翻译与原著进行对照，付出了大量心血"。黄春明：《莎哟娜啦·再见》，李浩哲翻译，创作批评社，1983，P.282。在《阿屘与警察》里，阿屘的屘是"屘"，即小儿子的意思。

❷ 笔者在2006年夏天遇见了担任《七洙和万洙》角色的小说家崔仁硕（韩国文学界伟大的小说家），他们对于话剧《七洙和万洙》和电影《七洙和万洙》互相交换了意见，崔仁硕给笔者的很多话对本稿起到了很大的帮助。在本稿中只要有"根据崔仁硕"这个字样全部指的是这个访问。

万洙》。这部电影是以演友剧团的话剧《七洙和万洙》为原本改编的。电影的标题上注明了原著为吴钟佑,电影剧本为崔仁硕,据崔仁硕说电影剧本也参照了黄春明的原著小说。 黄春明的小说《两个油漆匠》尽管在台湾地区也已经制作成电影并于1984年上演了,但这部电影却没有引进韩国。❶

对背景的说明就到此为止,下面开始对三部作品的考察。

黄春明的小说《两个油漆匠》的故事非常简单。第一章是有关背景的说明。吉士可乐利用祁山市24层的最高新建筑银星大饭店的整个巨墙来做广告,画目前最红的女明星vv的半裸像。第二章和第三章是有关阿力和猴子这两个油漆匠的故事。阿力和猴子悬在17层上一整天都在画女演员vv的乳房部分。两个人结束了一天的活儿以后到房顶上,穿过两米的粗钢管后到了连在房顶上的照明灯罩(像个铁篮子一样)里聊天。一个油漆桶被狂风掀到了地上后,这两个人引起了下面人的注意。警察误以为他们两人要"自杀"而力劝他们不要"自杀",电台记者也赶来采访两人。但采访却招致了死亡。阿力激动地放声号啕大哭,而打算回到房顶上去的猴子却失足坠下。

话剧《七洙和万洙》开头为"新首尔艺术公司"的社长对职员们训话的场面。通过他的训话告知观众20层的YO集团大楼上要画啤酒广告,而女演员郑爱马(郑爱马:从三级片《爱马夫人》的题目中取的一个假设的名字)的乳房便是这个广告的焦点所在。接下来的场面便开始讲张七洙和朴万洙的故事。七洙和万洙两个油漆匠吊在十五层上正在画女演员的乳房。一天的活儿结束之后两人到楼顶的铁塔顶上撒尿,然后闲聊起来。戏闹之余万洙把一个铁罐踢了下去,结果底下发生了车祸,人们一拥而围上来。误以为两人要自杀的急救队阻止他们"自杀",电台记者采访两人。急救队见两人在采访的过程中情绪激动起来就准备了麻醉枪,看到枪的两人冲着底下的安全网跳了下去。

首先比较一下原著小说和改编的话剧。小说中阿力和猴子都来自东部村庄金家厝,一起离开故乡来到祁山市的。阿力每月给在故乡的老母寄五百元,他的工资只不过才1200元(他对母亲撒谎每月工资2000元)。现在阿力正因为

---

❶笔者也是近期才得知这部电影。在台湾皇冠出版社发行的《黄春明典藏作品集》第三卷《看海的日子》的作家年谱里,作家自己担任了电影的改编和导演,2006年10月在东亚现代中文文学国际协会上遇见的黄春明对笔者说,这部电影的制作除了提供原作以外并没有关系,同时也指出电影中在把主人公换成原著民等方面对原作进行了大幅的改编。本文中将不涉及对台湾电影《两个油漆匠》的考察。

母亲来信让他赶紧寄 1000 元而发愁。父母双亡的猴子从小在伯父家长大，他憎恨赌鬼伯父而离家出走。对猴子的描写只是通过外在的观察，而对阿力的描写则包括刻画内心世界，所以小说的主人公应该为阿力。

话剧中的七洙和万洙是从不同地方来到首尔后认识的两个男子。万洙的故乡是海边的一个村子，他家三代都是做下人出身的，家乡现在只有老母在家，另有一个妹妹已到大城市做保姆去了。万洙收到了母亲的来信，信上要求他给怀孕的妹妹寄五十万韩币的住院费。基地村出身的七洙母亲去世了，他的父亲再婚后还住在基地村，他还有一个去向不明的哥哥。七洙不久前遭到了女大学生美英的拒绝。如果万洙相当于阿力的话，可以说七洙相当于猴子，剧中不时地插入介绍万洙和七洙背景的回忆场面。

小说中大饭店全墙的可乐广告在话剧中变成大财团公司大楼的啤酒广告这一点饶有兴味。这跟导演李相禹（音，下同）曾经在 OB 啤酒集团的广告公司 ORICOM 里工作过有直接关联（联想到黄春明年轻时也在广告公司工作过）。话剧以社长的训话登场为开头可以体现出话剧对资本和资本家的批判意识更为直截了当。虽然中国台湾和韩国同处在工业化、城市化时代，但中国台湾的 70 年代初和韩国的 80 年代中期之间拉开的约 15 年的时间差为这种差异可能提供了条件。话剧中政治要素体现得更多这一点也与此相关。韩国的 80 年代正是学生和工人们积极示威和运动的时期。所以，记者问："你们是在示威吗？"而急救队的专家则愤怒道："什么示威？你胡说些什么？"七洙不是农村出身而是基地村出身这一点也和韩国的特殊状况相关。基地村是在驻韩美军部队附近形成的一种顺应美军消费的村子。但两个作品所表现的决定性差异在于人物的性格差异。七洙提出到楼顶去的直接理由是为了撒尿。七洙提出"咱们到楼顶痛痛快快地撒泡尿再走吧"，并付诸了行动。这要比说"反正咱们有时间，上去休息休息吧。"的阿力对"鸡巴世上"的反抗和揶揄的意志更为坚强。另外小说中油漆桶被风刮下去，而话剧中却是万洙用脚踢下去一个铁罐。这是一个暗示结尾差异的重要伏笔。小说中猴子准备爬回楼顶但因用手去挡相机闪光灯失足坠落，话剧中是两个人自愿跳下去的。话剧的最后一个场面如下：

七洙：那是什么呀？这些杂种们拿枪干什么？

万洙：要杀咱们啊。

七洙：错了，咱们上错了！上错了啊！！

万洙：不行，咱们下去吧。

七洙：往哪个下面？

万洙：跳啊。

七洙：你疯了？

万洙：那你还想中枪子死啊？刚才那底下不是有网嘛。往那上面跳。

七洙：看不见啊……

万洙：就在下面。就在咱们下面。只要直着跳下去就能活。

七洙：能行吗？

万洙：要是跳准了最多断条腿。

七洙：医院见吧。

万洙：跳！

七洙：一，二……三！

（落下去的声音，高喊声，天气预报）

  跳下去的结果则无加说明。究竟是一条腿断了呢还是丢失了性命这就无从得知了。但两人主动跳下去明显是赋予了反抗和主动性的意义。与此相对照的则是小说中失足的猴子，和像母胎的婴儿一样缩在灯罩里哭泣的阿力的样子，它所展现的是一种受害和被动性。仔细分析小说里堪称主人公的阿力的话，本来要求到房顶上去的阿力态度渐渐变得消极、被动，而话剧中的万洙刚开始时的态度是消极的，但后来却变得积极主动起来。踢铁罐的人也是万洙，提议跳下去的人也是万洙。这种人物性格的差异同美学特性的差异是不谋而合的。尽管小说基本上也是滑稽的格调但话剧比小说还要滑稽得多。本来剧作家吴钟佑和导演李 Sangwoo 就专擅滑稽性，但这个话剧中的强烈的滑稽性主要来源于对社会秩序的揶揄的能动性。其结果为，小说中相对浮现了一种悲剧性，而话剧中则在稀释了悲剧性的同时却浮现出滑稽性来。当然这种差异并不代表优劣而只是表现了个性。

  电影《七洙和万洙》开头的场面为万洙（安成基扮演）凝视着窗外的样子和正在实行民间防卫训练演习的首尔市街道的景象，以及因为民间防卫从公交车上下来的七洙（朴重勋扮演）第一次遇到女大学生知娜（裴钟玉扮演）的场面。七洙甩掉给电影院画牌子的活儿却跟随上了在电影院牌子制作室偶然遇到的万洙。从那时起七洙和万洙成了同事和室友。他们所干的活儿就是挂好勾绳，在楼的外墙上刷油漆。基地村出身的七洙母亲去世，再婚的父亲是个喝酒上瘾的废人，姐姐跟美国军人去美国后也杳无音讯。万洙的父亲是个坐了２７年牢的政治犯，妹妹是个参加劳动组合活动的女工，母亲自己留守乡下老家。七洙和万洙两人辛辛苦苦地在大楼楼顶的广告塔上画大型威士忌牌子的女明星半裸像。他们结束了一天的活儿之后到牌子顶上坐下。万洙在顶上高喊起来"呀！首尔的有权的，有学问的，有势的，有钱的都给我听着。我也得说两句。我今天站得高也说两句大话。"七洙接着也站起来高喊。最初发现两人的是孩子们，接着是大人们，最后连警察和电台记者也来了。警察和记者误以为他们是因为劳资问题才示威或演自杀剧的。这样一直对峙到晚上，警察救助队爬到了广告塔上。七洙被警察抓住，而万洙躲开救助队沿着梯子往下爬在强射的灯光下跳了下去。尽管警察们在下面撑着安全网，但电影中并没有演出万洙到底跳到哪里去了（没有说明万洙是为了自杀跳下去的还是朝着安全网跳下去的）。最后出现的是躺在担架上被抬进救护车的万洙，和被警察们押着时在人群中发现知娜的七洙。坐在警车的后座上回头张望的七洙，让人联想起鲁迅的小说《阿Q正传》的最后场面和陈白尘先生根据小说编导的电影《阿Q正传》的最后一个场面。

从叙事上来看，电影的最大特征是按照时间顺序进行流线型叙述。这一点同小说和话剧的叙事方式不同，小说和话剧在叙述现有的几个小时的同时，将过去处理为回忆的场面。电影的流线型叙述也是为了符合观看的大众们的期待值，也就是说，是一定程度上和大众性妥协的产物。小说里并没有提到的，而话剧中也只是一晃而过的七洙的恋爱故事，在电影里却表现得细致入微。七洙因此几乎占据了主人公的位置，这一点可以从大众性角度来理解。固然，我们说也不一定要这样理解，大众性也不一定就跟通俗性是同义词。这个问题比较棘手，在此先暂且不谈。此外，小说和话剧中在高层建筑的全墙上画广告的规模，到了电影中缩成了10层左右（首尔长途汽车站附近的青绿会馆）的楼顶的广告塔，这也是由于电影只能展现实物这个局限性导致的。这些差异这里也暂且搁置一下，下面是本文要讨论的重点。

首先应该指出，电影的政治色彩要比小说和话剧浓厚。这通过刚开始出现的民防训练场面，以及主人公在酒棚里喝酒时电视上出现的金大中竞选总统演讲等场面可以反映出来，但其中最重要的是万洙的父亲作为政治犯正在服刑这个剧情。这里可以推断出万洙的父亲应该是在 60 年代由于左翼活动或者反体制运动而入狱的（崔仁硕说这是根据导演朴光洙的主张设定而成的。他本人对此持反对意见）。相反，小说中明显突出了工资低廉问题，但话剧中却稍逊一筹，及至到了电影中更变得轻描淡写。

小说中猴子父母都已不在了，阿力还有一个老母。这两个人物和作家黄春明的身世十分相似，黄春明于 1935 年出生于宜兰，幼年时母亲去世，中学时无法忍受继母的虐待，有一天晚上毅然偷坐上了宜兰到台北的货运火车，从此以后离家出走。而作品中两个人物的家庭成员和作家的家庭又悄然不同。反而话剧和电影中母亲去世，父亲再婚的七洙的情况和黄春明有所相似之处。在人物比较方面，应该将小说里的阿力和话剧、电影中的万洙进行比较，阿力和老母的关系与话剧中万洙和老母的关系相像。对他们来说，母亲的存在是个解不掉的包袱。他们一刻不停地被整天诉苦的母亲束缚着。两人都极度忌讳告诉母亲自身的处境。电影中的万洙被政治犯父亲束缚着而陷入痛苦，这一点跟阿力以及话剧中的万洙有所不同。电影中最大的特征也正在于此。如果说小说和话剧中以父亲的缺场为特征的话，电影中父亲的存在是一种束缚万洙的因素。电影中他父亲被关在牢里，并没有直接登场，但这个看不见的存在却不断地限制并不断地介入他的生活。

三部作品中饶有兴味的差异也可以从沟通的形式中得以发现。小说中刚开始警察和记者们在隔离 2 米的距离和大风下迎风大声喊，最后则变为通过扩音机和麦克风来和阿力、猴子对话。但阿力小声对猴子说的话通过设置的麦克风被楼顶上的人们听到的场面只出现了一次，而楼顶上的人们熙熙攘攘地说的话（阿力和猴子不应该听的话）都通过扩音机传了出来，被阿力和猴子都听到了。与此相比，话剧中双方之间沟通则没有特别的物理性障碍，双方各自内部的对话也只是在内部进行。但电影中的情况却完全不同。楼顶上的人们通过扩音机说的话都能被七洙和万洙听到，但他们俩的话对方却几乎听不到。

小说中猴子唱的歌是故乡的民谣，而话剧中七洙唱的歌则是快节奏的流行市民歌《舞女的纯情》。与此相比，电影中万洙唱的歌则是反抗歌手金民基的《朋友》，而电影的背景音乐也是金洙哲的摇滚类的新歌。这同对农村和城市的感受差异是互相呼应的。小说中两人虽然憎恨故乡、并下决心赚不到钱就不回去，但终究潜藏着一种对故乡——农村的牵挂，从故乡——农村那里能得到安慰的心理动向。从"上了贼船"这句话里也能看出来城市只不过是条"贼船"而已，阿力和猴子对城市来说永远都只是异乡人。话剧中万洙的故乡是海边的一个小村子，这和小说的故乡基本相似，但话剧中七洙的故乡基地村却基本可以说是城市了。而在电影中故乡——农村则已经不复存在了。对电影中的七洙和万洙来说，首尔这个大城市已经成了他们不可回避的生存条件，他们在首尔之外的思维本身都不复成立。

上述考察的差异来源于多种理由，并且也可以阐释出各种意义来。比如70年代初和80年代中期的这个时间差，中国台湾和韩国的历史文化差，小说和话剧以及电影的体裁差，甚至小说家黄春明和剧作家吴钟佑、话剧导演李相禹（音，下同）、编排者崔仁硕、电影导演朴光洙的艺术个性差。等都可能导致最后的不同效果。但尽管有这种差异，准确地说，不正是因为有了这些差异，才使共同之处更为突出也才使其变得更为重要吗？

举例来说，我们可以对沟通方式的差异进行进一步的考察。电影中警察通过扩音机说的话虽然能被七洙和万洙听到，可七洙和万洙的话则只能传达给观众却传达不到警察那里。（部分镜头中甚至观众也听不到他们在说什么）这里提示了一种十分绝望的状况。这种情况下七洙和万洙的立场不得不遭到歪曲。表现这种歪曲的最鲜明的场面是警察队长的下列发言。当警察队长得知万洙的父亲还在坐牢的时候对万洙进行了下面的说服：

"朴万洙先生。我们很了解你。但你父亲是你父亲，你是你。请你用积极的、光明的态度来看待这个社会。社会可以看成光明的也可以看成黑暗的，这些都在于你看待的态度。不管你父亲过去是给这个社会造成问题的人，难道连新一代的你也要成为这个福利社会的威胁存在吗？再试着重新看一下这个世界吧。我会诚心帮助你们的。张七洙先生，朴万洙先生，我来协助你们。不要动，不要嚷，我们马上让救助队上去。"

可见这个发言是带有多大的暴力性裁断。这个发言给万洙带来了致命性伤痕。可是，小说中沟通情况的绝望程度也不亚于此。虽然是在对话，但这个对话从一开始就是只能流于形式的假意对话。这是因为楼顶上的人们的理解不足和暴力性裁定。这一点在下列对话中也已经展现出来。

"好！你能不能告诉我们，你们一个月赚多少钱？"
"猴子！不要说！"阿力突然叫了起来。
猴子看着那么紧张的阿力，把话吞了下去。
杜组长的背后有人说：
"谈到问题的核心了，最好能叫他们把苦水吐出来。
"三千块有没有？"
他们缄默着。
"两千块？或是多少？"
"不要问这个！"阿力嚷着。他显得激动。
"好！我们再谈谈别的。"
"什么都不要谈！"阿力说。❶

阿力的工资是1200块，他对一天一百的临时工都羡慕之极。假意对话反而给阿力造成了致命性创伤。他们之间的话在无意间通过扩音机传到阿力和猴子耳朵里的场面，更加暴露无遗地表现了这种对话的假意性。按这种状况，从某种角度上来看，小说的沟通状况不更具悲剧性吗？

不管是小说还是话剧、电影，三个作品中的共同核心题材是"登高"。对两个油漆匠来说，"登高"能够让他们暂时逃避被孤立的生活困苦，也能够暂时摆脱既成秩序的束缚。这种逃避和摆脱既是一种游戏，又是对这个社会，借用话剧中七洙的话来讲，是对这个"鸡巴世上"的一种反抗的表示。再细究一下的话它也具有颠覆的一面。从高度这一点上所表现出来的颠覆在小说和话剧、电影中表现得略有不同。小说中两个人物所攀上去的照明灯罩相对于地面来说是高处，但跟楼顶的高度却一样。所以楼顶上的人们和阿力、猴子是在相同的高度上互相对望的。话剧电影中两个人物所登上的广告塔顶和楼顶之间却有不小的距离差。这个差距到了电影中拉得更大，双方之间甚至都不能靠嗓音来对话。与此差异相关联，电影在镜头的视点上轮换使用了青蛙视点和鸟视点。轮换使用的时候，一般来说青蛙视点的被写体表现统治者的形象，而鸟视点的被

---

❶黄春明：《莎哟娜啦·再见》，李浩哲编译，创作批评社，1983. P.239。

写体表现服从者的形象。如此看来，电影《七洙和万洙》的"登高"可以说是颠覆日常权力关系的行为。但这种颠覆是反讽式的。因为实际内容中权力关系丝毫没变。结果，实际内容和镜头的视点之间的矛盾夸大了反讽效果也强化了悲剧性。并且，以"鹰的视点"从上空俯视所有东西的场面中，将这种悲剧性几乎提升到了崇高的境界。

　　这个社会并不容许 "登高"，换言之，逃避和脱离，抗议和颠覆。其消极性原因是理解不足，但积极性原因则是由于暴力性的裁断。从某种意义上来看，暴力性裁断就是既成秩序守护自己的恰当对应方式。两个油漆匠的真实正是由此被歪曲的。甚至通过这种歪曲，名为电台的这个资本，最后还要带着商业性目的对两个油漆匠再榨取一番。从这个角度来看，话剧的结尾既有赋予人物主动性的重要一面，同时又有以此来使整体的意味论统一性发生龟裂的一面。但尽管如此，三部作品的共同之处却十分明显。从描述城市化、工业化时代的城市贫民们的生活之困这一点，并通过这种描写来告发社会矛盾和暴力性压迫这一点，以及促使正走上这种充满矛盾和压迫的我们自身进行反省、更进一步启蒙一种对真正人性化生活方式的理想等方面，台湾地区的小说和韩国的话剧、电影是不谋而合的。

　　尽管差异也十分重要，但从根本上应该更重视共同之处。差异反而可以支持这些共同之处成立。如果只有相同之处的话，就不是共性而只是同义反复了。差异之所以具有意义，并非在于其自身，而是因为其处在共同性之上。在此，我想做一个提示：如果我们注意到了这一点，迄今着眼于对差异的意义进行诠释的众多文化间翻译理论，便有必要进行一定程度的修改。

文字文化和视觉文化
——文化研究的鲁迅观考察[1]

  身居 20 世纪中国文坛上核心地位的鲁迅最近也遭受重重灾难。其实鲁迅受到非难并非一件令人耳目一新的事情。在鲁迅去世后的几十年中,对鲁迅进行的误读代替了鲁迅本身,结果鲁迅本身反倒一直被排除在外。毛泽东主义(Maoism)对鲁迅的神圣化解释正属于此类情况。但这些解释都是以肯定鲁迅的价值为前提的,尽管我们说,这些评价有可能是有所不当的。80 年代以后的启蒙主义否定了之前被神圣化的鲁迅,尝试肯定凡人鲁迅和文学家鲁迅。固然,我们不能否认这种思维所包含的错误读解侧面,也无法否认它在某种程度上同意识形态也是相关联的,但我们同时也不能否认它是对鲁迅自身的一种认真探讨。但是最近的情况却大有不同,中国的网民和作家作为主要力量批判了从前的鲁迅解释法,这种批判用最近的流行语来说,是对鲁迅文本的经典性(canonicity)进行的批判。尽管对毛泽东主义所定义的经典化和 80 年代之后启蒙主义所定义的经典化进行批判是必要的事情,但这并不意味着这个必要性会自动地赋予批判一种正当性。批判要想具备正当性的话,首先要以尊重文本本身为前提,而且还要进一步有新的诠释,既要肯定以往观点相对有价值的部分,同时又要将自己的相对价值合理客观化。但事实并非如此,更遗憾的是,在否定鲁迅文本的经典性的同时,轻而易举地将鲁迅文本自身也否定的一文不值。其实,鲁迅文本的经典化并非鲁迅的意图,也并非鲁迅文本的意图。可是,对经典化的批判居然在某一瞬间转向了对鲁迅的批判。然而,我们现在所要考

---

[1] 初稿发表在《现代批评和理论》第 12 卷第 12 号(首尔:Omni Books, 2005 年),修改后的第二稿刊登在《鲁迅研究月刊》第 288 期(北京:鲁迅博物馆,2006 年 6 月)。本文是在这基础上大幅修改补充的第三稿。2013 年 4 月,笔者在美国哈佛大学举行的国际鲁迅研究会第三届学术论坛上口头发表从此文中节选的一些部分,并收录在《汉语言文学研究》第四卷第 2 期(河南大学,2013 年)。

察的鲁迅之难是另外一个领域内的问题,是一个非文学内的、文学界之外的问题。比如,在重视电影的文化研究领域里,鲁迅和他的文学被误解和贬低,这种观点是同最近流行的"视觉文化高于文字文化"这个话语相关联的。

1. 关于周蕾的解释和翻译的提问

鲁迅在 1923 年 8 月出版的第一本小说集《呐喊》的自序末尾标注文章的写作日期为 1922 年 12 月 3 日。如今已经无法考证这篇自序是否在 12 月 3 日这一天写完的,还是从之前开始写、写完的日期刚好是 12 月 3 日。但用常识推断,后者的可能性会大一些。若是后者,我们自然想知道自序的起笔时间。对于自序中所涉及的一些内容,鲁迅开始思索的时间或许早于 1922 年。尽管如此,我们还是假设自序写于 1922 年的前提下进行本文的讨论。

《呐喊》的自序可能是古今中外的小说集序文中,被引用次数最多的一篇。而其中被引次数最多的是幻灯片事件插曲。众所周知,这个插曲是一个鲁迅如何弃医从文的故事。即:鲁迅在仙台医学专门学校时因看俄日战争的幻灯片而转向文学。具体来讲,其内容为作为俄军奸细被日军捕获而受刑的中国人以及观看他们受刑的中国人脸上挂着"麻木的神情",鲁迅因此受到冲击,认为最重要的不是医治中国人的身体,而是改造其精神,因此由医学转向了文学。这种诠释是一种对幻灯片事件的通论。尽管这期间有学者们对此提出了不少异议并尝试新的解释方法,但这种通论仍然广为认可。

在许多新尝试中,周蕾的视角可算是最独特的例子:她把幻灯片事件诠释为与视觉文化的一次相遇。周蕾 (Rey Chow) 展开的论述饶有趣味,论争纷纭。周蕾在她的《原初的激情》一书中,第一部第一节"一个 newsreel 改变了中国现代史:重述老事"中引用了鲁迅的第一部小说集《呐喊》的自序中的故事,而她引用的部分不是中文原文,而是如下的英语译文本。

I do not know what advanced methods are now used to teach microbiology, but at that time lantern slides were used to show the microbes; and if the lecture ended early, the instructor might show slides of natural scenery or news to fill up the time. This was during the Russo-Japanese War, so there were many war films, and I had to join in the clapping and cheering in the lecture hall along with the other students. It was a long time since I had seen any compatriots, but one day I saw a film showing some Chinese, one of whom was bound, while many others stood around him. They were all strong fellows but appeared completely apathetic. According to the commentary, the one with his hands bound was a spy working for the Russians, who was to have his head cut off by the Japanese military as a *public demonstration*, while the Chinese beside him had come to *appreciate this spectacular event*.

Before the term was over I had left for Tokyo, because after this film I felt that medical science was not so important after all. The people of a weak and backward country, however strong and healthy they may be, can only serve to be made *materials or onlookers of such meaningless public exposures*; and it doesn't really matter how many of them die of illness. The most important thing, therefore, was to change their spirit, and that time I felt that literature was the best means to this end, I determined to promote a literary movement. ... I was fortunate enough to find some kindred spirits. ... Our first step, of course, was to publish a magazine, the title of which denoted that this was a new birth. As we were then classically inclined, we called it *Xin Sheng*[New Life]❶.

周蕾说上述引用的英文是她在杨宪益和戴乃迭的译本❷基础上进行了适当的修改而成的，其具体说明如下："我为了强调中文原文中对视觉的表达，多少牺牲了一些英语的流畅感，对标准英语翻译本进行了修改（引文中进行修改的部分用斜体表示）。"❸

斜体所表示的部分如下：1) public demonstration, 2) appreciate this spectacular event, 3) materials or onlookers of such meaningless public exposures.

杨宪益和戴乃迭的翻译中相应部分分别为 1）warning to others 2) enjoy the

---

❶ Rey Chow, Primitive Passions, New York: Columbia University Press, 1995, PP.4-5.
❷ 周蕾注明出自以下书目："Preface to the First Colletion of Short Stories,'Call to Arms,'" Selected Stories of Lu Hsun(Beijing: Foreign Languages Press, 1960)PP.2-3。
❸ 周蕾注明出自以下书目："Preface to the First Colletion of Short Stories,'Call to Arms,'" Selected Stories of Lu Xun(Beijing: Foreign Languages Press, 1960)PP.2-3。

spectacle 3) examples of, or to witness such futile spectacles。❶ 周蕾的修改中强调视觉表达的是1）。2）换成了原词 spectacle 的同义词 spectacular。3）将 spectacles 换成了 exposures，这两个词在视觉性表达这一点上完全一样。结果是，只有对1）的修改是将非视觉性的表达换成了视觉性的表达，2）和3）的修改是同样的视觉性表现词汇，并没有特别强调。如此看来，周蕾对于译文的修改所做的解释显得不无夸张之处。特别是对2）和3）的修改必要性令人匪夷所思。此外，还需注意的是，"二杨" ❷ 后来也对自己的翻译进行了修改。*Lu Xun Selected Works* 中收录的 "Preface to Call to Arms" 中3）的译文为 examples of or as witnesses of such futile spectacles。❸ 似乎这个翻译更近乎原文。令人庆幸的是，改后的译文也和之前的译文并无大差，这里就无须赘述了。

　　上述三种译文的鲁迅作品原文为：1）示众 2）赏鉴这示众的盛举 3）毫无意义的示众的材料和看客。鲁迅反复使用"示众"这一视觉性意义的词语。与其相比，二杨放弃了1）"示众"原来的视觉性意义，意译为 warning to others, 2）和3）的"示众"始终使用的是 spectacle。周蕾的译文中1）使用了具有视觉性意译的 demonstration，而相反2）和3）中分别使用的是 spectaclular 和 exposures。笔者认为"示众"一词应该找到一个对应的词来统一翻译，所以对以上两种译法均不敢苟同。两种英语翻译中汉语的词语每次都翻成不同的词语，可能这和英语中回避同一词语的重复使用有关。但实际上汉语和韩语的写作中也忌讳同一词语的重复出现。所以，尽管有这种语言习惯却别具匠心地反复使用同一词语的时候，这一用心就应该成为重要的翻译对象。

　　如上述引用文翻译所示，周蕾为什么着重强调视觉层面的描述呢？这是因为在她看来幻灯片事件对鲁迅是一次视觉文化层面上的体验。"幻灯片事件"因成为鲁迅弃医从文的契机而被周知。周蕾对这种惯论提出了异议，并指出这种解释会疏略掉一个重要的环节，那就是鲁迅所受冲击的方式。她想重点考察

---

❶ 参照 "Preface to the First Colletion of Short Stories, "Call to Arms,"" Selected Stories of Lu Hsun(New York, London: W.W.Norton & Company, 1977) PP.2-3. 此参照文出自于外文出版社1960版的美国出版版本。

❷ 杨宪益(Yang Hsien-yi, 1915-2009)和夫人戴乃迭(Gladys Yang, 1919-1999)简称为"二杨"。二人在1941年结婚。英国人 Gladys Yang 的本名是 Gladys Margaret Tayler，中文名是戴乃迭。

❸ Lu Xun Selected Works Volume One, Beijing: Foreign Languages Press, 1980年第2版/1985年第2次印刷，P.35。

的是"视觉性相遇"这个侧面，而不是与"中国人麻木的神情不期而遇"。在她看来，"批评家们一贯认为'这个故事'是一件文学问题，因而没有注意到鲁迅的故事本身这个层面，只是关注到了这个故事在文学史上的意义"（7）。

什么是"视觉性相遇"？周蕾首先质疑"鲁迅看画面的时候，他怎么会知道旁观的中国人是处于麻木❶的状态呢？"（7）周蕾把鲁迅对自己思想的变化进行的解释看成是一种追溯行为，强调"鲁迅的叙述已经是在试图将无声的视觉影像语言化、叙述化，而它事实上是时间上后来发生的一种溯及行为。(7)"就是说，1922年鲁迅写《自序》时，追溯到17年前，把当时所看到的场景转换成语言。由此可见，17年前产生冲击的是"视觉性相遇"本身。

那么在这场"视觉性相遇"中，"确切地说，鲁迅当时正在看的是什么？他是怎样看的？"对于这个问题，周蕾自己做出了如下答复：

> 作为电影的观众，从鲁迅自身的观点上来看的时候，他所"看"和"发现"的并非处刑的残忍性和观客们的冷酷表情，而是电影这个媒体本身所具备的直接的、残酷的、原生态的力量。通过透射（影射）穿透出的力量，电影将残忍性所带来的冲击升华为一种攻击性的形态。正如受刑者突如其来的斩首形态一样，影像给了鲁迅当头一棒的冲击。<u>通过看这个自身的行为</u>，鲁迅首先面对的是如同无媒介传递信息般的电影这个新的媒体的透明性，其次面对的是新的媒体的力量和处刑自身的暴力性之间的亲缘性。（8）

简言之，周蕾想要论证的是鲁迅从电影中受到的冲击有两种：第一是"认识到他或者他的同胞们在世界的眼中只不过是个热闹而已"（10），第二是"有关鲁迅认识到文学或者写作的传统地位被侵蚀，自己接触到有可能代替文学的、强有力的媒体"。对于周蕾来说，更重要的是第二种冲击。所以，"鲁迅的故事处于自古以来以语言为中心的文化进入20世纪这个交叉口上，它充满了一种预感，即在现代文化和后现代文化中包含所有艺术形态力量的视觉形象即将实现。"（10）周蕾叙述道，对于第二种冲击所给予的'威胁'，鲁迅做出的反应是"并非拒绝了视觉效果，而是在忍受了视觉所给予的苦痛的同时，重新回到文学"。（10）（前面写道："鲁迅向文学逃避，试图'寻求'出路，但

---

❶ 中文原文是"麻木的神情"。

视觉形象所体现的威胁性总是困扰着他。"（9）这种叙述也是同出一辙）在这里延伸出了鲁迅故事的双重性这个概念，即"在现代，宣告文学起源的行动本身已经否定了文学写作的自身完结性或有效性。"（11）

由上可知周蕾诠释鲁迅的明确观点。她意在主张视觉文化的优越地位，视觉文化中又特别地赋予了电影一种特权。这种意图在第二节《为了脱离文学这个中心符号》中断言道："20世纪初，对中国的知识分子来说，电影的登场意味着一个语言符号和文学符号开始丧失地位的重要瞬间。"这个句子使她的观点暴露无遗。

周蕾的论述中有许多地方论述的非常尖锐，但从整体来看的时候，我们不由地产生疑问、不得不提出一些异议。我们的批判性考察可以从她引用的《<呐喊>自序》的英语译文开始。周蕾将鲁迅所说的"电影"翻译为"lantern slides"，而"画片"第一次翻译为 slides, 后面两次翻译为 films 和 film。此外，英文译文中 film 还出现了一次。即第二段的"after this film"。这句话是对中文"从那一回以后"意译而来的。这里的 film 是原文中没有的。❶这种翻译法尽管只是沿用了"二杨"的翻译而已，但沿用本身已经包含了周蕾的立场，如果说这种翻译有问题的话，周蕾也同样有不可推卸的责任。因为我们研究的重要前提就是，周蕾是不可能没有读过鲁迅的汉语原文，而只读"二杨"的英语翻译本来论证的。❷对笔者来说，两者虽都为外语，但据笔者判断，将鲁迅的"电影"统一翻译为 filmslide、"画片"统一翻译为 slide 才是正确的。鲁迅的中文原文如下：（下划线部分为出现问题的部分）

我已不知道教授微生物学的方法，现在又有了怎样的进步了，总之那时是用了<u>电影</u>，来显示微生物的形状的，因此有时讲义的一段落已完，而时间还没有到，教师便映些风景或时事的<u>画片</u>给学生看，以用去这多余的光阴。其时正当日俄战争的时候，关于战事的<u>画片</u>自然也就比较的多了，我在这一个讲堂中，便须常常随喜我那同学们的拍手和喝彩。有一回，我竟在<u>画片</u>上忽然会见我久违的许多中国人了，一个绑在中间，许多站在左右，一样是强壮的体格，而显

---

❶因此在英文版原文里 lantern slides, slides, film 等这样的语言前后共出现了五次。在前面的引用文里用下划线做了标记。

❷很难想象这种前提无法成立。

出麻木的神情。据解说,则绑着的是替俄国做了军事上的侦探,正要被日军砍下头颅来示众,而围着的便是来赏鉴这示众的盛举的人们。

这一学年没有完毕,我已经到了东京了,因为从那一回以后,我便觉得医学并非一件紧要事,凡是愚弱的国民,即使体格如何健全,如何茁壮,也只能做毫无意义的示众的材料和看客,病死多少是不必以为不幸的。所以我们的第一要著,是在改变他们的精神,而善于改变精神的是,我那时以为当然要推文艺,于是想提倡文艺运动了。(略:在东京的留学生很有学法政理化以至警察工业的,但没有人治文学和美术;可是在冷淡的空气中,)也幸而寻到几个同志了,(略:此外又邀集了必须的几个人,商量之后,)第一步当然是出杂志,名目是取"新的生命"的意思,因为我们那时大抵带些复古的倾向,所以只谓之《新生》。

鲁迅上课时看的是拍摄微生物形态的"电影",课堂结束后看的是以自然风景或时事为内容的"画片"。不管是"电影"还是"画片"都是用幻灯机放映的幻灯片(静止的照片),并不是电影(动映像)。众所周知,film 这个英语单词原来的意思包含了所有的胶片,可是如今它同 cinema 以及 movie 等单词区别相用,特指电影(动映像)。周蕾的翻译开始使用了 slide 这个词,后来将暗地置换为 film(这个词本来包含了广义上的胶片,所以这种置换也未尝不可),而在小节的题目中干脆用 news-reel 这个词❶,这充分显示了她的翻译另有用意。News-reel 并非 news 幻灯片,而是 news 电影。而我们说静态的幻灯片和动态的电影之间有着本质性的区别。对两者的区别,周蕾自身也在第二小节的末尾进行了如下的说明:

还有,最后 film 同照片或者绘画不同,可视性的东西在一定的时间内也发生运动。正是因为 film 具备了被称为动态叙述的特征,film 才能同其他视觉效果以不同的方式,和历来独占叙述的语言文本相对峙。(18)

不仅如此,周蕾通过 film 这一词的使用将电影和幻灯片也混为一谈。鲁迅的视觉科技体验是幻灯片所带来的,并非电影所带来的。如果说她承认了幻

---

❶ 这个词周蕾引用于 Jay Leyda, Dianying: An Account of Films and the Film Audience in China(Cambridge, Mass.: MIT Press, 1972) P.13。

灯机所展现的静态照片和电影的动映像之间的差异，那么我们说，在论证 "20 世纪初，对中国的知识分子来说，film(电影) 的登场意味着一个语言符号和文学符号开始丧失地位的重要瞬间"（18）的时候，引用鲁迅的 film(幻灯片) 事件是十分不恰当的。而周蕾在论证鲁迅的幻灯片事件时一直使用 film 这个词，有可能正是她为了隐藏自己的这种不当性的一种战略性 (抑或战术性) 说法。她的英文翻译正所谓自圆其说了自己的语法。

饶有趣味的是，"二杨"在 *Lu Xun Selected Works* 第 2 版中大幅修改了以往的翻译。上文虽然也曾提及，这一部分的修改更是举足轻重，为了准确论证，这里直接引用其修改的翻译：

I <u>have no idea</u> what <u>improved</u> methods are now used to teach microbiology, but <u>in those days we were shown</u> lantern slides of <u>microbes</u>; and if the lecture ended early, the instructor might show slides of natural scenery or news to fill up the time. <u>Since</u> this was during the Russo-Japanese War, there were many war <u>slides</u>, and I had to join in the clapping and cheering in the lecture hall along with the other students. It was a long time since I had seen any compatriots, but one day I saw a <u>news-reel slide</u> <u>of a number of Chinese</u>, one of <u>them</u> bound <u>and the rest standing</u> around him. They were all <u>sturdy</u> fellows but appeared completely apathetic. According to the commentary, the one with his hands bound was a spy working for the Russians who was <u>to be beheaded</u> by the Japanese military as a warning to others, while the Chinese beside him had come to enjoy the spectacles.

Before the term was over I had left for Tokyo, because <u>this slide convinced me</u> that medical science was not so important after all. The people of a weak and backward country, however strong and healthy they might be, can only serve to be made examples <u>of or as witnesses</u> of such futile spectacles; and <u>it was not necessarily deplorable if</u> many of them died of illness. The most important thing, therefore, was to change their spirit;

and since at that time I felt that literature was the best means to this end, I <u>decided</u> to promote a literary movement.…… I was fortunate enough to find some kindred spirits.……Our first step, of course, was to publish a magazine, the title of which denoted

that this was a new birth. As we were then rather classically inclined, we called it Vita Nova[New Life]. ❶

下划线部分为修改后的部分,不难看出修改的程度非同小可。这里要注意的是黑体部分。以往的翻译中翻为 films, film,film 的部分改为了 slides, newsreel slide, slide。这一修改和笔者前述主张基本一致,即应该统一地将鲁迅原文的"电影"翻为 flimslide(或 lantern slides)、"画片"翻为 slide(s)。如果周蕾引用"二杨"的新译文,代替 film 而使用 slide 的话,《原初的激情》中的论证抑或不会是现在的样子。

2. 如何解读幻灯片事件

笔者认为有必要重新考察历来的文学批评以及文学研究界是如何读解《呐喊》自序的幻灯片事件的(虽然被周蕾置之不理和任意排斥)。 当然,通常会一五一十地根据鲁迅的讲述去解读本事件。这种方式一直通用到现在,但对此通论提出异议、进行新的解读的例子也有不少。其中典型代表是日本的竹内好。竹内好于 1943 年在他的著作《鲁迅》中,提出在幻灯片事件之前有一件值得关注的事件。他是指鲁迅在散文《藤野先生》中记述的解剖学讲义笔记事件。❷其内容为:日本学生们认为藤野先生在批改鲁迅的讲义笔记的时候提示了考试试题,因此鲁迅有幸及格。竹内好认为幻灯片事件和讲义笔记事件同样都使鲁迅感到一种侮辱感。按照竹内好的说法,鲁迅并非是"为了拯救同胞们的精神贫乏、满怀希望的离开仙台的"而是"背负重辱一气之下离开仙台的。"总之,竹内好认为幻灯片事件和鲁迅的文学抱负并无直接关系。竹内好的主张为鲁迅

---

❶ Lu Xun Selected Works Volume One, Beijing: Foreign Languages Press,1980 年第 2 版 /1985 年第 2 次印刷 , PP.34-35。

❷ 蒙树宏推断幻灯片事件发生在 1905 年日俄战争时期的 3 月 13 日前后。(蒙树宏编,《鲁迅年谱稿》,桂林:广西出版社,1988,P.48.)讲义笔记事件发生在 1905 年 9,10 月,从而可以推断先有幻灯片事件,之后才有讲义笔记事件。但是在《藤野先生》中,鲁迅亲自明确地阐明两件事件发生的顺序,我们不得不承认竹内好的解读是正确的。"中国是弱国,所以中国人当然是低能儿,分数在六十分以上,便不是自己的能力了;也无怪他们疑惑。但我接着便有参观枪毙中国人的命运了。第二年,添加教霉菌学,细菌的形状是全用电影来显示的……"(竹内好著,黄源、戈宝权主编:《鲁迅》,浙江文艺出版社,1985,P.58)

的文学转向并非突然发生的事件而是一个逐渐积累的一个结果。"幻灯片事件本身并不意味着他的回心。他所受到的屈辱感在形成他的回心之轴的各种原因中添加了一个要素。"❶不管我们是否同意他的说法(笔者基本上赞成),重要的是他没有直接接收《呐喊》自序中的叙述。如果对此细究的话,我们则会发现许多疑问之处。

首先,幻灯片事件发生的时间为1905年,而写序言的时间为1922年,应该注意到中间有17年的时间之差。周蕾并没有忽视这一点,将鲁迅所说的中国人麻木的表情解释为"在时间上事后产生的溯及行为。"周蕾将视觉形象的语言化问题置于1905年和1922年这个时间差的关系中考察,但如果细究起来当时的时间问题是十分复杂的。鲁迅的句子中已经存在两个不同的时间,即一个是幻灯片发生的时间,另一个是他来到东京以后的时间。而鲁迅认识到医学并不重要、改变国民的愚昧精神才是重要的时候,这种思想转变是发生在仙台呢?还是回到东京以后呢?"弃医"和"从文"的决定之间是否存有时间差的可能性呢?

鲁迅在仙台时找到藤野先生说明予以弃医的时候,藤野先生曾长叹道:"为医学而教的解剖学之类,怕于生物学也没有什么大帮助。"(此事件出自于1926年写的散文《藤野先生》。从文中提到的"到二年级的终结"可以推测,应该是1906年2,3月左右。)鲁迅补充道,"其实我并没有决意要学生物学,因为看得他有些凄然,便说了一个安慰他的谎话。"即使这是句"谎话",我们还无法断定鲁迅是否已经决定"从文"(当然,能断定已经"弃医")。鲁迅放弃仙台的学医之路,去往东京的时间是1906年3月20日左右。(正式退学的日期是3月16日。)鲁迅家乡的朋友许寿裳在1936年曾经这样回忆鲁迅的这段时期。

可是到了第二学年春假的时候,他照例回到东京,忽而"转变"了。
"我退学了。"他对我说。
"为什么?"我听了出惊问道,心中有点怀疑他的见异思迁,"你不是学得正有兴趣吗?为什么要中断?"

---

❶ 竹内好著,黄源、戈宝权主编:《鲁迅》,浙江文艺出版社,1985,P.59。需要关注的是,竹内好的"不把鲁迅的文学从本质上看作功利主义"观点是他给予以上解释的出发点。

"是的。"他蹉跎一下，终于说，"我决计要学文艺了。中国的呆子，坏呆子，岂是医学所能治疗的吗？"

我们相对一苦笑，因为呆子坏呆子这两大类，本是我们日常谈话的资料。❶

这样一来，很明显鲁迅决定转向文学是之前的事情了。大体上看，从 1905 年秋季学期发生的幻灯片事件之后到 1906 年去东京见许寿裳之前的几个月的时间中，鲁迅有了这种转变。

我们认真细读鲁迅的叙述，便发现上述推论的可信度进一步加深。鲁迅并没有说过幻灯片事件当时就决定弃医从文。这只是后来的研究者们的解读而已。下面我们再次引用这段叙述。

这一学年没有完毕，我已经到了东京了，因为从那一回以后，我便觉得医学并非一件紧要事，凡是愚弱的国民，即使体格如何健全，如何茁壮，也只能做毫无意义的示众的材料和看客，病死多少是不必以为不幸的。所以我们的第一要著，是在改变他们的精神，而善于改变精神的是，我那时以为当然要推文艺，于是想提倡文艺运动了。

引用文由两个部分组成。第一句话的内容是幻灯片事件之后产生的新的想法（健全的体格并非重要）使得鲁迅放弃学医。第二句"我们的第一要著，是在改变他们的精神"和第一句由"所以"连接，问题就在于此。从逻辑上看，体格健全并不重要的这一新的想法，一方面（在文章中的因果关系之中）是放弃医学专业的原因，而另一方面（跟下一段文章的因果关系中）是需要改造精神的原因。那么，这两个因果关系是同时发生的，还是依次发生的呢。与此疑问相关，鲁迅的态度极其模棱两可。之前的通说没有重视这些模糊的一面，把其看作是同时发生的事情。但现在我们关注其模糊性，看作非同时性事件。"那一回"以后，鲁迅写到自己便对医学失去了兴趣，"所以"急需要"改变他们的精神，进行文艺运动。"这里包含"随着时间的推移，越来越"的含义。这种含义暗示的时间差非常重要。视觉形象的语言化，换句话说，把中国围观者的神情描述为"麻木"的时间点会不会是此刻的行为？把这时的故事追溯到

---

❶ 许寿裳：“怀亡友鲁迅”，孙郁、黄乔生主编：《挚友的怀念》，石家庄：河北省教育出版社，2000，P.73。

1922年发生的举动的做法是否妥当。笔者认为对神情的解释应该是幻灯片事件事发当日到 1906 年 3 月下旬之间的事情，同时是来回反复渐进的过程，而不是一次性完成的。

因此，1922 年的描写是重构过去，而不是对过去的追溯行为。事件这个侧面上来看，重要的是鲁迅为什么单单挑出幻灯片事件来叙述。正如上述，不是在此之前也有过讲义笔记等的事件吗？而且，只看《呐喊》自序的叙述时，仿佛觉得鲁迅在幻灯片事件之前对文学漠不关心，对改变中国人的愚民性毫无知觉。但在别的资料中我们则能够看出鲁迅在仙台学医之前就对文学十分感兴趣，很早就觉悟到对中国愚民性改造的重要性。《呐喊》自序的叙述隐蔽了这些实情，从而体现了一种叙述的效果。也就是说，形成了一个以幻灯片事件为契机弃医从文的生动的故事，这个生动的故事可以充分读解为有关"起源"的问题，狭义上来说是鲁迅文学的起源，广义上来说，是中国现代文学的起源由此开始。很有可能这也是鲁迅的叙述含义。

周蕾为《呐喊》自序的解释做的关键性贡献是对视觉性冲击进行考察的必要性。笔者对此毫不犹豫地表示认同。但尽管如此，仍然感到周蕾对视觉冲击效果的描述有些言过其实。周蕾对静止的幻灯片和动态的电影都用 flim 一词概论，从而将幻灯片的视觉效果等同于电影的视觉效果来支撑自己的论证，这是她的一种论证策略。周蕾的夸张是为了构筑一种新的神话。正是所谓她所说的"20 世纪初，对中国的知识分子来说，电影的登场意味着一个语言符号和文学符号开始丧失地位的重要瞬间。"（18）这个神话。这种说法为鲁迅文学的起源设立了一个新的"起源"。也就是说，幻灯片事件中所受到的视觉科技威胁成了鲁迅文学的新的"起源"（而历来对鲁迅文学的"起源"都解释为通过幻灯片事件觉醒到应该改造中国人的精神）。但是，鲁迅实际上在看示众的幻灯片之前就已经接触到幻灯这个媒体了（正如在幻灯片事件之前就已经认识到需要改变国民精神一样）。鲁迅在这之前就已经看到不少有关微生物、时事或风景的幻灯片。那么鲁迅在看那些幻灯片的时候也受到同样程度的视觉冲击吗？显然并非如此。所以在这里，重要的是当时的幻灯那个媒体同中国人的病态国民性这个内容结合为一体这一点。应该说两个要素的结合使冲击效果达到了最高值。有可能鲁迅单独强调幻灯片事件的原因就在于此。

但是我们更应该注意的是幻灯片事件只不过是《呐喊》自序的一小部分而

已。从整个自序的整体文脉来看，幻灯片事件和转向文学的"起源"又会被解体。这要归结于办《新生》杂志失败（此内容紧接着周蕾提示的引用文出现）的痛苦经验所留下的屈辱感。鲁迅背负这种屈辱，创作了另外一个"起源"的故事，它就是《呐喊》自序的后半部分讲述的"铁屋子"故事，即：1918 年鲁迅接受《新青年》杂志的投稿邀请后，向钱玄同讲述过的那个有名的故事。这并非鲁迅文学的"起源"，是鲁迅小说的"起源"。在这里对此就不详述了。

文字文化和视觉文化的关系

周蕾论述的前提在于文字文化和视觉文化处于对立关系，并且似乎有替代关系。但笔者并不同意这一前提。依笔者之见，它们仅仅是互相不同而已。从重视想象力和 image 的角度看文学的时候，视觉的东西是文学的本质性要素。这种文学内在的视觉性同文学外部的视觉文化紧密相关，所以随着视觉文化的时代性变化而发生变化是理所当然之事。比如，我们想一下远近法出现之前和之后的绘画、印象主义绘画、摄影、电影等给予文学内部视觉性的影响，便会不解自答。周蕾不也是在试图从以鲁迅为代表的中国作家小说里发现电影的影响吗？然而，一方面，有关视觉文化，我们不能将所有的视觉文化一概而论。绘画和雕刻不同，它们同照片又有所不同，即便是同样的静态照片，普通照片和投影仪投放出来的幻灯照片会产生不同的结果，而即便是用同样的投影仪来投射，也会有静态的幻灯片和动映像电影等不同效果，并且同样的电影之间也会有有声电影和无声电影等不同的类型。文学和电影之间基本上是一种相互影响的关系，它们随着自身内部的变化，时而是对立的关系，时而则是互补的关系，时而甚至是联袂的关系。我们说文学从文化的中心（严格来说，需要追究一下中心一词的含义）中被挤出来，而电影则跻身而入这种陈述是有可能成立的，但并不能因此而下结论说文学消失、电影取而代之。文学和电影之间并不存在什么上下关系，也不存在优劣关系。两者基本上是并驾齐驱的关系。犹如文学和音乐的关系、电影和美术的关系一样。

但是周蕾的想法和笔者不同。周蕾的论证看起来是以对文学进行的某种定义为大前提的。首先看一下第一部第一小节的陈述：

20 世纪 20 年代和 20 世纪 30 年代，面对文学的地位每况愈下的情况，作家们选择<u>"不是把写作跟社会－物质性世界内部活动区别开来,而是将写作重新定义为其活动的一部分"</u>这一对策的时候,那种"社会－物质性的世界内的活动"和视觉性的东西(visuality)之间并没有形成联结。(6—7)

这一陈述的前半部分开始就援用了 Wendy Larson 的说法。❶ 周蕾在注明出处后附加了以下说明,这一补充说明也援用了 Larson 的观点。

Larson 的论文中指出,20 世纪初现代中国文学具有明显特征,即被用来证明文学或文本生产劳动合法性的权威和参考性发生了显著变化。参考文本的权威一直为社会－物质性世界的权威让路。因传统已崩溃,所以作家们更加消极地看待文本生产劳动,尽管如此,文本生产工作却被一直特权化。

Wendy Larson 是美国俄勒冈大学东亚语言专业的白人女性教授,主要研究方向为中国现代文学和电影。1984 年,她在伯克利大学获得博士学位,这比笔者和周蕾都要早几年,因此可以算作是学长。Wendy Larson 在著作 *Literary Authority and the Modern Chinese Writer: Ambivalence and Autobiography* 中通过郭沫若、沈从文、鲁迅、胡适、巴金等的散文和自传,尝试说明 1920 年代末到 30 年代初,中国作家们经历的权威(authority)上的危机。她主张:作家们疑虑文学和文本形式的学术(literary works or textual scholarship)对社会生活的影响力,导致他们批判甚至放弃文本生产工作;他们选择的对策是从事革命、从事军事、体力劳动等,即在社会—物质性世界内部的活动;但由于他们无法真正放弃写作,所以当时作家中的一部分就尝试将写作行为重新定义为接近物质生产抑或是物质生产的一部分。❷

虽然周蕾援引 Larson 的观点是为了将其作为自己的论据,但具体来讲,Wendy Larson 和周蕾之间还是大相径庭的。Wendy Larson 说:"整个 20 世纪中国作家们都在内心纠结如何创造一个新的文学传统。文学的权威和社会、物质性权威之间的矛盾就是其搏斗的一部分。"❸ 这种论证之所以可行是因为 20

---

❶ Wendy Larson, Literary Authority and the Modern Chinese Writer: Ambivalence and Autobiography(Durham, N.C.: Duke University Press, 1991, P.8.

❷ 参考 Wendy Larson, Op. cit., P.153。

❸ http://eall.uoregon.edu/faculty-and-staff/larson/

世纪初权威发生危机这一经验为界线,将之前的文学传统和新的文学传统进行了区分。但与此相反,周蕾的陈述中缺少这种区分。正如引文2)中所说的"权威和参考性上的显著变化"(即20世纪初权威上的危机经验),只将其视为"传统"的"崩溃"过程而已。Wendy Larson所看到的新文学传统的创始在周蕾眼中却视而不见。对周蕾来说,只看到了自古代持续而来的文学传统急剧崩溃。Wendy Larson考察的是20年代末30年代初与创作新的文学传统相关的作家们的苦恼。而周蕾认为1905—1906年这段时期"文学传统"瓦解并重新转向传统,而20年代末30年代初的文学现象也包含在这种重新转向之中。周蕾所不满的是,1905—1906年鲁迅并没有选择视觉文化,而且直到20年代末、30年代初作家们也依然不重视视觉文化这一点。

再举个例子来说,第一部第三小节(《原初的激情》)有如下内容:

五四作家们要复兴文学的时候,为了获得灵感,将视线转向下层阶级的悲惨和挫折。(21)

这种叙述令人困惑。这里讲述的是"五四运动"作家们推翻古代文学、建立新文学的时期(即1919年前后)呢?还是指五四运动走向低潮、普罗文学登台的时期(即20年代末30年代初)呢?如果是指前者,那么可以说上述陈述是错误的。因为五四运动作家们的目的并不是复兴文学,而应该说是批判之前的文学、进行文学革命、创造新的文学。但如果指的是后者的话,上述论述则有些不伦不类。文学为了得到复兴而利用下层人民的悲惨生活和挫折经验,这种说法令笔者联想起一些不快的回忆。坦率而言,这段论述让笔者不由自主地联想起20世纪50年代、60年代美国盛行的反共主义论述战略(贬低社会主义者以及共产主义者的一种既巧妙又轻浮的话术)。70、80年代的韩国当时也能在官方的宣传资料和御用文人的笔下处处可见对工农运动家、社会运动家、学生运动家等进行的这种拟似精神分析。

周蕾的这种论述背后存在一种特定视角:消除了中国的传统文学(pre-modern文学)和20世纪新文学(modern文学)之间的区别,并将其二者视为同一性。作家进入到文学这一制度中这一事实固然重要。但在中国传统文学和新文学之间明显存在制度的断绝,正如福柯所说的episteme的断绝一样(与这个断绝相比,现代文学和后现代文学之间的差异不过是微乎其微。)无视这种断绝而将两者作为同一制度的观点是一个误区。20 世纪新文学作家们是与新制度的形成息息相关的，并非和当时走向崩溃的旧制度的延续甚至复兴相关联的。他们在推翻传统的运动中是作为能动主体存在的。

与此相关，应该注意的是，传统这个词的用法在东西方各有其不同含义。例如 20 世纪二三十年代本雅明批判传统文学积极肯定先锋文学和电影的时候，其中的传统文学是指现代文学，而同时代（到现在为止也是）中国所说的传统文学指的是前现代文学。所以中国的传统文学和新文学之间的关系和班雅明所说的传统文学与先锋文学是不能同日而语的。中国的新文学包括了本雅明意义上的传统文学和先锋文学，和中国的传统文学毅然断绝。❶❷

周蕾的根本动机在序言的末尾部分比较明显地表露出来：

> 虽然"文学"是我的专业❸，但我并不相信一种学问上的浪漫主义：现代/现代主义性的文学具有"革命性（或颠覆性）"的同时，比本书中所考察的视觉形象等大众文化形式层次更高。

"现代/现代主义性"是"modern/modernist"的中文翻译。如此看来，周蕾强烈反对现代主义（modernism）文学的精英主义，特别是现代主义文学中贬低视觉文化和大众文化的观点。在这一点上，笔者也同样认为应该对现代主义的精英主义性进行批判，同时笔者也主张应该恢复或取得视觉表现方式的权利。但笔者不能苟同的是，为了批判或伸张权利而将所有文学的内容都一视同

---

❶ 尽管如此，在中国文学研究领域中这种断绝往往被忽视。"断绝？中国的新文学是继承了传统文学而创新的，不是断绝后形成的。"我似乎听到了这种反驳。为避免误会，我再赘述几句。我们有必要关注一下"传统"这一词语的滥用问题。如若不使用"传统"一词，就会产生如下说法。即：中国现代文学和前现代文学之间的显著断绝在西方现代文学和前现代文学之间也同样存在。我认为如果将东西方文学置于同一平台，亦即一般文学这一平台来看就会不言而喻的。如果并未清楚认识这些问题，就说明对现代文学的现代性省察并不充分。虽然对现代性的批判和否定是当今主流话语，但我相信这种批判和否定应该建立在对现代性的充分考察之上（福柯的现代性批判不正是如此吗？）。当中国研究以文学为对象进行的时候，这种研究在成为中国研究之前应该首先是文学研究，这正是我的问题意识出发点。

❷ 周蕾很有可能将封建时期的中国、20 世纪上半期的中国、文化大革命时期的中国以及当今的中国当作一个中国来看待。对时期进行区分分析是必要的。因作者将其混为一谈，所以出现了拿文化大革命时期的资料来批判当今的中国，而为了对当今的中国进行说明，又拿前现代的中国视为资料。这并不能简单地将其解释为一种错误，应该认真分析其中是否另有意图。

❸ 从而可以看出，周蕾在 1995 年承认自己的专业领域是文学。但到了 2012 年就不同了。她之后一直表明自己的研究领域是批判理论和文化研究。

仁为现代主义文学精英主义这一点。

甚至周蕾将一般的文字文化和现代主义文学的精英主义等价起来。文字文化的一般毋庸置疑，就是一般的文学内部也存在着千差万别，现代主义文学的精英主义只不过是其中的冰山一角，所以这种等价是不攻自破的。并且，现代主义文学也不能简单地用精英主义来说明，它具有复杂的内容。再者，正如文字文化内部存在各种差异一样，视觉文化内部也存在各种差异。并且，视觉科技中，比起写作来，更有可能与权力问题紧密相关。

笔者认为，在文字文化对视觉文化这个巨大的框架中，与简单定论问题相比，更需要对各自内部存在的各种差异以及对文字文化和视觉文化之间的沟通和互相作用进行周密的考察。比如，对于鲁迅，视觉科技的冲击是如何融入其文学内部的而又如何表现的等问题，要比周蕾所立足的视觉文化优越论并在其基础上非难鲁迅文学选择问题更具建设性。不以视觉文化特权论为目的、而以阐明视觉文化的真正意义和价值为目的的话，难道这不更理所当然的吗？

对文学和电影相互性的考察
——《活着》和《红高粱》的原作与电影 ❶

1. 批判性考察文学和电影相互性的意义

当今中国文学研究学界中呈现出一种十分不安定的状态。这是因为,一方面,中国学这个领域的日益壮大,削弱了中国文学的相对独立性。另一方面,文化研究这个领域的日益盛行,也侵蚀了文学的相对独立性。这种现象的出现尽管有其成因,而且在学术上也明显存在一定的契机,但也不得不承认其中夹杂着不少的差错。其中,本文中将重点关注的是文化研究看待文学和电影之间相互性所表现出的偏向性。最近将中国文学研究扩大为电影研究的趋势在前面列举的几种现象中尤为突出,这种扩大现象由于没法保持一定距离来批判文化研究性视角对文学和电影之间的相互性所表现的偏向性,所以呈现出不少的误差。本文正予对此提出问题。

能够典型展现贬低文学、高度评价电影的文化研究性视角偏向性的例子,可以1995年出版、2004年被翻译为韩国语的美籍华人学者周蕾的书——《原初的激情》❷ 为例。此书中,周蕾将鲁迅的幻灯片事件解释为和"电影"这个新媒体的相遇,将视觉性的表现方式解释为近代性的,而将文学性的表现形式视为前近代性的,并以此立论并展开了论述。根据这个立论,我们说鲁迅最终选择了文学并不是选择了视觉性的表现形式,却倒退为文学性的表现形式。但这个立论中多有混淆之处。例如,它忽视了现代性内部的严格区分,视觉性的表现方式之中忽视了各个不同阶段,武断地将文学性的表现方式单纯定格为前

---

❶《中国文学》53号,韩国中国语文学会2008.5发表在《中国现代文学研究丛刊》2011年第10期,北京:中国现代文学研究丛刊杂志社,2011年记载,少许修改补充。

❷周蕾著,郑在书译:《原初的激情》,移山出版社,2004。

近代的方式等，诸如此类论证。如果毫无疑问地采用这种偏向观点的话，其对文学研究的负面影响自然是毋庸置疑，对电影研究也会导致同样的结果。

　　本文以张艺谋导演的两部电影为研究对象，通过对中国小说作品的电影化进行批判性分析，予以阐明文学性的表现形式和视觉性的表现形式各自的特殊性，从而对这两种表现形式的相互性进行批判考察。当然，这种批判性考察并不先验性地赋予文学和电影任何一方特权。尽管周蕾批判了文学评论者赋予文学特权的观点，而她自身却相反早就赋予了电影某种特权。本文将通过相互性，集中考察将文学和电影分别相对化、客观化的过程。

　　Helmut Kreuzer 提出有关转换形式的共时性类型学中，将文学作品转换❶为电影的类型分为下列四种：1) 将文学作品看作原材料的转换类型；2) 图解式的转换；3) 变形式的转换；4) 记录式的转换。❷ 其中重要的 2) 和 3)。Wolfgang Gast 对于 Kreuzer 对 2) 的说明又作了如下的概要："它作为文学'转换'类型中最普遍的一种形式也被表现为'文学的影像化'。"❸ 这里忽视了 Andre Vazin 所要求的文学和电影的固有特性，我们常可以发现，追求"对原作的忠实程度"事实上是个可望而不可即的目标。下文则是 Kreuzer 对 3) 的说明。

　　每当说"变形"的时候不仅指的是内容上文字向映像的转换，其前提倒应该是先分析一下其和原文内容形式的关系，或是符号以及文本的体系以及意思或特有的影响方式等，以此为据，具有不同符号材料的被称为其他媒体、艺术方式或者体裁的许多项当中，一个既新颖又十分相似的作品的诞生才可称为这种"变形"。这里并不说类比（analogy）就意味着一字不差地按照原文字来受用。相反类比其实要求变化，通过变化来期望在电影文脉中行使类比的功能。❹

　　尽管 2) 和 3) 都追求对原作的忠实程度，但我们可以看出，它们对什么是对原文的尊重、怎么才可能实现等问题的所持的立场各不相同。在我们现在

---

❶英语的 adaption(或者 adaptation) 相应的韩国语为"改编"，但这里不用"改编"，而用"转换"一词是接受 Zao kil ei '的说法。Wolfgang Gast 著，Zao kil ei 译：《电影》，文学与知性社，1999，P.126。

❷Wolfgang Gast 著，Zao kil ei 译：《电影》，文学与知性社，1999，PP.135-140。

❸Wolfgang Gast 著，Zao kil ei 译：《电影》，文学与知性社，1999，PP.135-136。

❹Wolfgang Gast 著，Zao kil ei 译：《电影》，文学与知性社，1999，PP.136-137。

的文脉中，重要的是3），这里所说的变形基本上是指方式以及媒体造成的差异，固然每个媒体都有自己特有的属性，会不可避免地造成变形。但这里除了这种消极因素之外，主要指出的是对应其不可避免性而能动做出对应的积极因素。笔者认为应该对 Kreuzer 的提议和 Wolfgang Gast 的说明追加一个方面。那就是：超出类比的变形。尽管类比的变形是为了提高对原作的忠实程度，但脱离了类比范围的变形可以说就是有意对原作的不忠实。笔者意在指出的正是这种故意不保留原作风格的变形。通过考察这个层面，会使小说作品的特性和电影作品的特性显得更为明晰。假如这个层面中的某种共同变形在一个时代、一个文化圈里集中涌现出来的话，可以说它是一种能够反映或者体现这个时代以及文化圈的重要现象。本文之所以重视这种变形也正缘由于此。

2. 张艺谋的电影《活着》和余华的小说《活着》

1993 年上映的电影《活着》以主人公福贵赌博的场面开场。时间为中日战争刚刚结束的时节，地点为农村的某个小城镇。他的妻子家珍因实在无法忍受福贵的赌瘾，怀着第二胎、领着幼小的大女儿凤霞回了娘家，而福贵最终则因赌博而倾家荡产。福贵的父亲一气之下气绝身亡，连房子都输掉的福贵带着母亲搬到了同村的小茅屋里。他们变卖剩余家产维持生计之际，家珍生下儿子有庆，带着两个孩子回到了家中。福贵靠演皮影戏维持生计。但突然有一天演着演着被国民党军队拉去做壮丁，而国民党军队被打败之后福贵又被抓到共产党军队里，和春生一起为解放军演皮影戏。国共内战结束后，福贵回到家中一看，母亲已经不在人世了，家珍靠送水维持生计，女儿凤霞则因高烧留下的后遗症变成了哑巴。当福贵看到赢走自己房子的龙二被定为恶霸地主并被枪毙的场面后，他连忙把解放军发的参加革命证书珍贵地挂了起来。

大跃进运动开始后，福贵在一家小钢铁工厂中给人演皮影戏。在炼成钢铁的第二天，强逼着熬了一夜的有庆去了学校（福贵在送有庆去学校的路上讲了小鸡变成大鸡，大鸡变成鹅，鹅变成羊，羊变成牛的故事），但有庆却因事故而身亡。区长的车撞在了墙上，而撞塌的墙正好砸在了正在打瞌睡的有庆身上。而后来才得知区长正是福贵当年共同浴血奋战的春生。文化大革命开始后，福贵按照镇长的劝导，除了箱子之外把皮影戏工具都烧掉了。而女儿凤霞也和瘸子工人二喜成了亲。春生受到多次批斗最后自杀。凤霞却在生孩子时因失血过多而死。因为当时医生被批为反动分子,整个诊疗都是卫校的学生们进行的,她们在凤霞失血过多的情况下束手无策。福贵两口子给出生的这个外孙子起了个名字叫"馒头"。

电影的最后一个场面是多年之后的情景:温馨的阳光笼罩着福贵一家,福贵和女婿二喜、孙子馒头围在有病在身的家珍床前说着话。福贵把小鸡放到皮影戏箱子里之后对馒头又讲了一遍当年给有庆讲的小鸡变牛的故事。

余华1992年发表的小说《活着》中,作者以第一人称叙述者的身份登场,整个故事是叙述者在乡间碰到的一个叫福贵的老人所讲述的。福贵的故事都是以福贵自身的声音来传达的,也就是说故事是采用直接叙述法来叙述的,这是这篇小说叙述上的特征。福贵自己说年轻的时候赌博上瘾最后以至于倾家荡产。福贵是镇上十几里外农村一个大地主的儿子,整天到镇上去过着放荡不羁的日子(大约为1945至1946年左右)。最后福贵把房子和地都输给了龙二,福贵一家(父亲、母亲、福贵、妻子家珍、女儿凤霞)只好搬到同村的茅屋去住。父亲一气之下一命归天,丈人把怀有身孕的家珍接到了镇上去。福贵为了维持生计只好当了龙二的佃农,家珍后来带着生下来6个月的儿子有庆回到了家里来。有一天,福贵为了给生病的母亲请大夫在去镇上的路上被国民党军队抓去了。后来国民党军队被打败后,福贵收到解放军给的盘缠费回到了家中。这时母亲已经去世,凤霞因发烧后遗症而变成了哑巴。福贵在土改过程中分到了自己的地,过着贫困的农民生活。而当年赢走福贵家产的龙二却成了恶霸地主最终被枪毙。

1958年人民公社成立以后,福贵的五亩地和有庆养的两头羊,做饭的铁锅等都拿出来给了集体。全公社一起耕种、一起吃大锅饭,并开始了农村工业活动大炼钢铁。家珍因患上了不治之症软骨病连日常行动也不能自理。人民公社政策失败之后,人们天天面临着饥饿问题。有一天,去上学的有庆因给生孩子的校长输血过多而丧命(学校和医院都在县城里,县城离福贵的村有50里)。校长是县长的夫人,后来才知道县长正是和福贵在国民党军队里共患难的春生。家珍的病越来越重,医生说已经没有希望了,但庆幸的是家珍竟然慢慢恢复了起来。接着是文革。镇上闹得很凶,但村里相比之下要平静一些。经村长的介绍,凤霞和县城的工人二喜(偏头)成婚。文革中春生被定为走资派备受折磨之后,最终自杀。（春生来找福贵的时候，家珍对春生说："春生，你要活着。"❶）凤霞在县医院（也就是有庆死的那个医院里）因生产时出血过多而同样离开了人世。

家珍给外孙子起了个名字叫苦根，之后不到四个月就离开了人世。她死之前对福贵说："你还得好好活下去。"❷苦根4岁的时候，二喜不幸夹在水泥板中死去。福贵把苦根从县城领了回来。但苦根还不到7岁就因为吃多了煮毛豆最后被撑死了。

之后福贵自己度过了漫长的岁月。苦根死了2年后，福贵攒钱买了头牛，并给那头牛起名叫"福贵"。从此以后福贵和"福贵"牛一起耕作度日。福贵讲完这个长长的故事之后，和牛一起消失在远处，作家的眼前黄昏已渐渐远去。

对于张艺谋导演的评价褒贬不一，甚至批判的观点中还有内容完全相反的，比如，批判他赞扬共产主义，批判他贬低中国共产党，批判他迎合东方主义，批判他不从正面谈及中国现代史而故意回避，批判他和商业主义相妥协等。这些批判虽然各说各理，但毕竟不全面正确，特别是将它们套用在个别作品上的话，就会觉得缺少对作品的准确理解。一方面，大部分的韩国读者先接触到电影《活着》，才接触到小说《活着》，不读小说的人暂且不提，就连读小说的人也受到了电影更大的影响，往往容易产生按照电影的形象来理解小说的倾向。但是小说跟电影比较起来时，我们会发现有一些细节是在这种理解中反映不到的。

最重要的差异是电影的结尾为福贵、家珍、二喜和馒头四口人都活着，但小说中只剩下了福贵。电影最后一个场面中的馒头看起来大约能有7岁。馒头于文革初期出生，这孩子如果有7岁的话，电影最后一个场面的时间背景大约为1974年前后。小说中凤霞去世不到4个月后家珍也死去，苦根4岁那年二喜死去，苦根7岁的时候死去。电影中馒头7岁的时候不仅二喜，而且家珍也还活着，所以很难说电影是小说的节选部分。而应该说小说跟电影就是两个不同的故事。如此看来，电影确实是一个充满美好希望的叙事，但小说并非如此。小鸡长大了就变成鹅，而鹅长大后会变成羊，羊长大后会变成牛，这个故事在电影中出现了两次。第一次是福贵背着有庆去学校的场面中出现的，（当时馒

---

❶余华：《余华作品集（第三卷）》，中国社会科学出版社，1995，P.355。

❷余华：《余华作品集（第三卷）》，中国社会科学出版社，1995，P.363。

头问牛长大了呢？而福贵的回答是共产主义）第二次便是电影的最后一个场面。最后一个场面中福贵给外孙子馒头讲了这个这个故事后，馒头问牛长大了呢？家珍回答说馒头就长大了，馒头说我长大了要骑到牛背上，福贵说馒头长大了要坐火车和飞机。从这些情节来看，电影确实是一个充满希望的叙事。这是张艺谋对余华的小说《活着》的理解方式。（张艺谋曾经说过，"按照福贵的想法，这个单纯的故事是对希望过更好日子的自身希望的一种缩略。"❶）这个理解中实际上包含了文革结束后对未来的乐观展望和某种近代主义。余华也在小说的序里说过一些与希望有关的话："我决定写下一篇这样的小说，就是这篇《活着》，写人对苦难的承受能力，对世界乐观的态度。写作过程让我明白，人是为活着本身而活着的，而不是为了活着之外的任何事物所活着。"❷但事实果真如此吗？如果只关注福贵的话也许可以这么说，但福贵接连死去的家人们又该怎么说明呢？陆续死去的有庆、凤霞、家珍、二喜、苦根自是不必说，目睹一连串家人的死亡而最终和牛一起生活的福贵身上，不也上演了一种生活的悲剧吗？我们在这里可以发现一种美妙的逆说和反讽。就算余华的序不是谎言或者敷衍，而是真话，作品却与作家的叙述相反，描绘的是生活根本的窘境和悲剧。小鸡长大的故事在小说中也出现了二次。一次是福贵的父亲讲给福贵听的，❸另一次是福贵讲给孙子苦根听的。❹第一次讲述的是徐氏家门从小鸡发展成牛，而又变成了小鸡，最终连小鸡也失去了。紧接着这个故事的是父亲的咽气。而紧接第二次小鸡故事的是苦根的死。也就是说，小说中小鸡成长的故事并非赋予人希望的故事，是一个证明某种背叛的希望、受挫折的希望的故事。

余华的乐观和希望并非来自于小鸡成长的故事，而是另辟蹊径。那就是农村的性爱。小说的叙述者从事在农村收集民谣的工作，他一次次目睹了农村人自由地释放性欲后这样说过："当我望着到处都充满绿色的土地时，我就会进一步明白庄稼为何长得如此旺盛。"❺这样的农村和性爱正是赋予福贵的困难

---

❶ 白元淡译：《活着》，绿林出版社，1997，序。
❷ 余华著：《余华作品集（第三卷）》，中国社会科学出版社，1995，序。
❸ 余华著：《余华作品集（第三卷）》，中国社会科学出版社，1995，P.251。
❹ 余华著：《余华作品集（第三卷）》，中国社会科学出版社，1995，P.373。
❺ 余华著：《余华作品集（第三卷）》，中国社会科学出版社，1995，P.231。

生活乐观和希望的源泉。这在福贵的故事中已经表现得详细尽至。我们有必要仔细研究一下小说中出现的对立空间，是村和镇（以及县城）的对立，也就是农村和城市的对立。这个对立具有浓厚的神话色彩。福贵在镇上荡尽了所有家产，去镇上的时候被国民党军队拉走，在县城的医院里先后失去了儿子和女儿，还在县城的工地上失去了女婿。城市是一个灾难的空间、死亡的空间、吸血的空间。（特别是医院，是一个集中体现城市消极性的空间）而与此相反，农村是一个生活、希望、再生的空间。福贵的父亲虽然死在村里，但拉屎时昏厥过去的死并非悲惨的死，已经被医生判断没有生存希望的家珍，之所以比医生的预言多活了那么长时间，可以说是因为她不去县城而愿意留在村里。只有苦根的死才是发生在农村的悲惨之死。（所以苦根的死使悲剧达到了顶端）最重要的是，主人公福贵虽然原来是个资产阶级（大地主），但他在倾家荡产之后转换为农民身份，一直靠务农度日维生。作为神话性空间的农村赋予了福贵生活乐观与希望。

　　电影《活着》在这一点上进行了大刀阔斧的改编。福贵本来就住在镇上，没落之后也是住在镇上的一个小房子里。也就是说，小说中所表现的城市和神话空间乡村的对立在这里已经不见了。是因为小鸡会变成牛的故事和最后阳光灿烂的场面已经成了希望的根据，不再需要神话的空间了吗？并且，福贵也改成了靠送水和皮影戏来维持生计。（特别是皮影戏可以说代表了电影迎合东方主义的证据）

　　再仔细看时，电影虽然将1958，1959年的大跃进运动表现为一种庆典活动，但对文革却着重于表现其否定的层面。与此相反，小说中仔细描写了大跃进运动当时的饥饿难忍之状，对文革则表现了相对平淡的态度（饥饿是小说的主要题材。苦根的死正是源于过度饥饿）。凤霞的死在电影中是因为受到文革的直接影响（医生们被逐出医院，卫校的护士们诊疗），但小说中并非如此（医生亲自诊疗）。笔者觉得这些差异有可能是因为张艺谋和余华的文革体验实际不同，张艺谋1951年生，而余华是1960年生。但对大跃进的认识态度的差异并不能用代沟而一言代过。在这里，我们可以看出张艺谋的共同体主义（尽管说很难说成共产主义）倾向。

　　总的来说，电影《活着》可以说在政治想象力的基础上，通过对福贵生活的描写表现了一个以城市矛盾为内容的政治性空间。与此相比，小说《活着》

在神话性的想象力上，展现了一个以农村和城市的对立为内容的神话性空间。基于政治想象力的电影所表达的希望，要比基于神话性想象力的小说所表达的希望浅薄。如上所述，电影《活着》和小说《活着》具有大相径庭的差异。

最后应该考虑的是，小说改编为电影的过程中编剧的担任者问题。序幕中编剧的名字有两个，其中之一便是小说的作者余华。不知道余华担任这个编剧的时候采取了何种态度，发挥了什么作用。小说和电影的悬差是余华制造的或是另外一个编剧芦苇制造的，还是导演张艺谋制造的呢？如果是后者的话作者余华会表现出什么态度呢？笔者至今为止见过余华二次[1]，第一次见面的时候曾问过这个问题，但他却笑而不答。

3. 张艺谋的电影《红高粱》和莫言的小说《红高粱家族》

1988年上映的电影《红高粱》[2]是以叙述者的叙述开场的："我给你说说我爷爷我奶奶的这段事儿"。并且，这个叙述者的画外音常常出现说明故事的情况。紧接着叙述者的介绍，就开始上演叙述者的奶奶——女主人公九儿的婚礼。女主人公乘着轿子横穿广阔的玉米地，向着酿酒厂主人李大头（他是一个五十多岁还没有娶媳妇的麻风病患者）家行进。中间突然遭到了强盗的袭击，但强盗们却被轿夫们打死了。女主人公在这时和轿夫余占鳌互相有了意思。

女主人公手持剪子丝毫不让新郎接近。到第三天回娘家的时候，余占鳌在玉米地里占有了她。当她从娘家回来时发现李大头已经被人杀害。九儿在年长者罗汉大叔的帮助下继续开酿酒作坊。四处洒上了能杀菌消毒的高粱酒。喝醉的余占鳌冲进来挑明了和九儿的关系，并要充当男主人住进来，这时九儿用木锨揍了他一顿，在酿酒作坊干活儿的伙计们把他扔到了空酒缸里。这时，有名的飞贼神枪浦三炮来把九儿抓走当人质。结果九儿4天后就回来了。这时才醒酒的余占鳌找到飞贼浦三炮，跟他谈判后确认飞贼浦三炮并没有占有九儿。九儿的生日是9月9日，那天作坊里酿造了新酒。这时余占鳌回来了，他往新酒里撒了尿，并抱起九儿就进了房间（九儿没有反抗）。那天晚上，罗汉大叔离

---

[1] 第一次是2002年韩国举行的"东亚共同体研讨会"上，第二次是2007年4月在上海举行的"韩中第一届作家会议"上。

[2] 韩国语版的电影录像带由瑞融制作公司于1990年制作并推向市场。

开了九儿家。

9年后，叙述者的父亲豆官已经9岁了。回来的罗汉大叔远远地只是眺望了一下酿酒厂又消失了。这年7月，日本军来到红高粱地修军用道路。神枪浦三炮和罗汉被日军抓去活生生地被剥了皮（罗汉是因为参与共产党进行游击抗日活动）。九儿向男人们提出要为罗汉大叔报仇。人们在地里埋好炸药，等着日本人的汽车通过。而九儿挑着吃的带着豆官走向埋伏地。这时候日本人的汽车来了，九儿中了日军的子弹倒了下去。人们用高粱酒点上火向着日军汽车扔去。最后炸药爆炸日军的汽车被炸毁了。余占鳌和豆官父子站在倒下去的九儿身前。其余的人看起来像是都中弹身亡了。正在这时候发生了日食。日食结束后红色染红了整个屏幕。响起了豆官唱的镇魂曲。接着是一阵鼓声，还有剧终的字幕。

1986年发表的小说《红高粱》[1]，开头讲的是1939年8月9日山东省高密县的一个土匪部队埋伏好正准备袭击日军军队，小说叙述了战斗在半天之内取得胜利的故事。但这个叙述采取了非常特殊的手段。当第一人称叙述者叙述的事件发生的时候，这个还没有出生（设定的出生时间为1955-1956年，作家为1955年生）的人物，所叙述的事件中的人物正是叙述者的父亲、奶奶、爷爷——14岁的少年豆官，30出头的戴凤莲，快近40的土匪部队司令官余占鳌，叙述者在叙述的时候直接称他们为爹，奶奶，余司令官（后来改称为爷爷）。在叙述过程中叙述者借着父亲和奶奶的视点回忆了当年发生的事情，所以叙述整体显得有些复杂。概述其结构可总结如下：

第一章：土匪部队的出战（奶奶为余司令官和爹送行）——出战过程中爹对罗汉大叔的回想部分。

第二章："我"的陈述（在高密县东北乡调查的时候，听到一个92岁的老婆婆对罗汉大叔的回忆）。

第三章：罗汉大叔的故事（有关他是如何将日军阵营的骡子蹄和马腿斩断的）。

第四章：土匪部队的埋伏——爹的回想（出击的头两天晚上，奶奶、余司令官和冷支队长进行了一场谈判）——爹的回想（1年前罗汉大叔的死）。

---

[1] 韩语版由沈惠英翻译，文学与知性社于1997年出版。

第五章：奶奶的故事（奶奶结婚那天，她坐着的轿子队伍横穿过玉米地向着患有麻风病的新郎官家行进）。

第六章：听到余司令官的指示后疾步跑回家的父亲，向奶奶转达了做拤饼的指示——奶奶的回想（余司令官和任副官之间发生的事情）。

第七章：带着拤饼走向伏击地的奶奶——先到达伏击地的爷爷——向伏击地接近的日军——中了日军的子弹而倒下去的奶奶——向着倒下的奶奶跑去的爷爷。

第八章：告知余司令官就是亲爹的奶奶——奶奶临死时的内心描写（回想出嫁后第三天回娘家的过程，奶奶和余占鳌在玉米地里发生的关系，婆家单氏父子的死）——奶奶在满足感当中咽气。

第九章：土匪部队和日军的战斗——为死去的奶奶合上眼皮的余司令官——1958年爷爷病怏怏地从日本回来并从地底下挖出了一杆满身是锈的——晚到的冷支队长军队，战斗的结束，递给爷爷拤饼后又拿起一个拤饼狠狠咬了一口的爹。

上述内容中应该注意的是，1）罗汉大叔所具有的重要性。2）爷爷晚年悲惨的境遇。3）第五章奶奶的过去出处不明（叙述者从哪里听来的呢？）4）第8章中奶奶的内心描写除了奶奶之外谁也不可能知道。笔者将对上述几点和电影进行比较叙述。

韩文版小说《红高粱》和电影《红高粱》一经比较，便一目了然地可以发现电影中究竟追加了哪些部分和删除了那些部分。首先，里面追加了另一部小说《高粱酒》的故事。酿造厂的主人死后所发生的一切事件都是《高粱酒》的故事。（比如，余占鳌在高粱地里跟着女主人公唱歌等几个插话，都是从《高粱酒》里摘录而来的）虽然摘录的《高粱酒》中的故事也不是照搬小说，可以说其中的改编程度比《红高粱》还要严重，但这里暂且将《高粱酒》作为题外之论，主要意在详细研讨一下其他部分。

1）小说中袭击日军时豆官的年龄为14岁，而电影里则是9岁。这其中有5年之差，如果将战斗时间看作1939年（小说《红高粱》明确表示了年份），按照时间来推算的话，女主人的婚礼在小说中是1923年（小说《高粱酒》中曾明确表示了这个年份），而电影中则应该是1928年。电影究竟为什么非要把豆官的年纪设定为9岁呢？其理由何在？

2）小说中的罗汉只是一个纯朴的农民，而电影中的罗汉则是共产党员和抗日游击队活动分子。

3）小说中的女主人公戴凤莲是嫁给了酿酒厂单氏家的儿子，而电影中则是嫁给50多岁的酿酒作坊主人李大头。

4）小说的余占鳌作为土匪的头目带着持枪的土匪部队袭击日本军，而电影中他带着村里的人们（可能以在酿酒作坊干活的为主），并没有枪，只是用强烈的炸药和高粱酒火焰瓶袭击了日本军。当然，小说中所说的冷支队长带的国民党正规军和土匪部队的训练教官任副官等，在电影中也是片影未现。

5）小说中最重要的部分是对女主人公死前的内心描写，但电影中却几乎没有出现。电影中最重要的部分是最后一个场面所展现的景象（脚踏着女性的死亡而立的两个男人的轮廓像和满眼通红的整个世界），小说中却几乎没有对这种景象的描绘。甚至电影中的日食在小说中也根本没有提到。还有，小说中叙述的余占鳌的悲惨晚年，电影中也化为乌有。电影为了突出最后这个场景，恰似那幅场景已早有准备一样。（不知是否正是因此，那个间歇登场的叙述者在最后这一场景登场时却保持了沉默）

电影中之所以把罗汉设定为共产党员也跟张艺谋导演的政治取向有关。我们曾通过电影《活着》了解过张艺谋导演发挥的想象力所具有的政治性格。但是早于《活着》5年制作的电影《红高粱》的想象力所体现的神话属性要比政治属性更为鲜明。从某种意义上来讲，电影的神话想象力要比原作小说还要丰富。假如女主人公嫁给麻风病人，按神话的说法意味着死亡的世界是应该打破的。现实中杀死那位新郎官就是无可异议的杀人，但按神话的说法正是这个杀人才是拯救这个世界所必需的意识。小说中不仅是麻风病患者单氏的儿子，连带他好好的父亲也被杀了，而电影中合二为一，即因年过50的李大头是新郎官，只要这一个人被杀害就可以了，而且被杀害的必要性也就相应被强化了。而且，小说中描写的土匪部队在某种程度上是有现实可能性的，但电影中的村里人最终战胜日军则显得有些牵强，但取而代之的却是强烈的神话色彩。特别是电影的最后一个场面的强烈印象再次渲染了这层神话色彩。这个神话又是何种神话呢？这应该是一个男性在女性的牺牲基础之上获得重生的神话。女性学批判者们正是从这一点上批判电影《红高粱》的。

相反，小说的神话想象力集中于女性。电影中将女主人公的死亡放在了最后一个场面，但小说中却放在了第8章和第9章，而最重要的是小说中的描写是通过女主人公自身的视点来表现的。她回想了回娘家的路上和余占鳌发生关系，经历了各种常念之后最后将死亡升华为解放。小说中对她内心的描写十分细致（而这种描写在电影中却并没有出现）。

最后一丝与人世间的联系即将挣断，所有的忧虑、痛苦、紧张、沮丧都落在了高粱地里，都冰雹般打在高粱梢头。在黑土上扎根开花，结出酸涩的果实，让下一代又一代承受。奶奶完成了自己的解放，她跟着鸽子飞着，她的缩得只如一只拳头那么大的思维空间里，盛着满溢的快乐、宁静、温暖、舒适、和谐。奶奶心满意足，她虔诚地说："天哪！我的天……"❶

这个描写将女主人公的死亡设置为一种超越，赋予女主人公一种神圣感，而似乎正是通过这种神圣的死亡，世界（非男人味儿）才得以重生。小说的这一部分也存在一些难点，也就是借助奶奶的视点展开的第三人称叙述中，故事情节缺少一定的必然性。换言之，叙述者（孙子）又是如何那么详尽地得知奶奶在临死之前内心的想法呢？这个叙述者难道是全知叙述者吗？或许他是扮演了一个全知叙述者的角色？要不，就是叙述者把自己的想象信口雌黄地当作现实来叙述？对此，我不敢贸然断言，认为应该进一步考究。

小说的最后一章叙述的是奶奶死后的事情，其中分为两个时期（刚死之后和死后20年）来叙述的。其中奶奶刚死后余占鳌帮她合上眼睛的场面，以及余占鳌和豆官吃着剩下的拤饼的场面，都很难赋予男性化（masculinity）再生的意义。在奶奶死后大约20年的叙述中更是如此。又老又患病的余占鳌的样子和英雄的形象相距千里，反倒应该说男性化退化了不少。这些叙述和戴凤莲神圣的牺牲以及1年之前罗汉壮烈的牺牲形成了鲜明对比。也就是说，如果这两个死亡意味着英雄的完成的话，余占鳌意味着英雄的没落甚至退化。小说的叙述在介绍了余占鳌的没落这个后日之情之后，又回到了30年代的现场，最终以描写吃奶奶留下的拤饼而剧终。对这个叙述，韩语翻译者沈惠英做出了下列恰当提示。"不想在伟大的'种'神话中留下欠缺的"我"的热情期望，将在战斗中已经结束的余司令官不完整的生命和奶奶的牺牲联系了起来。余司令

---

❶莫言：《红高粱家族》，南海出版公司，1999。

官和爹一起吃着奶奶留下的拤饼这个最后的场面，可以解释为奶奶的死亡象征为拤饼，它将新生命的种子传播给余司令官和爹。只有通过这个意识，余司令官不完整的生命才能克服其不完整性。"❶ 而电影中出现的父子轮廓像要远远比沈惠英所说的牺牲重要。张艺谋通过表现活下来的两父子矗立在那里的样子，体现了男性化的英雄形象。

另一个需要引起注意的情节是，小说中登场的任副官和冷支队长的形象。他们分别代表共产党、国民党，尽管存在程度上的差异，但对于高密县东北乡这个共同体来说，他们跟日本一样，都是一种外来力量。注意到这一点的话，可以说这部小说隐含了另外一个主题：对于和国家具有一定距离的、一种地域性共同体身份的探讨。与此相比，电影中并没有出现任副官和冷支队长，但罗汉的身份暗示为共产党员，对罗汉这个人物的身份设定，致使电影要比小说更为亲共。如此看来，电影中追加的《高粱酒》的插话，也是对一种原始共同体主义的强调，这并非偶然生成的效果。

和电影《活着》的情况一样，把小说改编成电影《红高粱》的负责人当中也有作家莫言。编剧三人之一的作家莫言，对我们到现在为止所考察的差异究竟会持何种立场？发挥了什么作用？笔者几年前在首尔曾经和莫言进行过为时不短的对话❷，但很可惜没有谈及这些问题。

4. 对文学和电影的相互性的新质疑

跟绪论中介绍的 Kreuzer 的共时性类型学相比，电影《活着》和电影《红高粱》分明也具有图解式转换的一面，但同时也有变形式转换的一面。而且，这个变形中既有追求类比的变形，同时也有摆脱类比范围的变形。摆脱类似的变形在大部分的情况下，并非是为了追究对原作的忠实程度，虽然可以看作对原作的歪曲甚至导致变质的变形，但追求类比的变形却没法看清是属于哪一边。变形的初衷即便是在于忠实于原作，但当其立足于对原作的错误解释时，结果是无法避免歪曲或变质的。从这一点上看，这不是一个单纯地能从意图上就判断出的问题。不仅如此，在没有一个何种解释为正当解释的客观尺度下，事态便更

---

❶沈惠英译：《红高粱》，P.193。
❷2005 年首尔举行的"第二届首尔国际文学讨论会"上，笔者曾为莫言的报告做过主持。

为复杂。在充分考虑这些难点的同时又似乎可以展开一些讨论。

首先值得注意的是符合大众性转换的变形细节。电影《活着》和电影《红高粱》与其原作相比较时,最大的差异在于叙述方式上。原作小说在叙述方式上带有一定的实验性,回避了按照时间顺序而展开的单纯线性叙述,而电影则积极采取了按时间顺序进行的单纯线性叙述。这应该解释为媒体效果所带来的不可避免的变形呢,或是应该解释为追求类比而造成的变形呢?如果考虑到电影中也多次实行叙述实验的话,对上述问题的回答只能是"不是"。这个叙述上的变形很有可能被看作是和大众性的妥协造成的结果。此外,两个电影中出现的变形中有不少可以被视作大众性转换。比如,《活着》的女主人公在文革初期没有死去,而活到了70年代中期电影的最后阶段,这可以说是为了迎合大众关注著名女演员巩俐的心理而改编的。而从正面表现皮影戏也是为了提高观众的观看兴趣。《红高粱》中婚礼那天乘轿的场面占去了很长时间其理由也可以说是大同小异。

下面应该注意的是被称作意识形态性的转换情节。小说《活着》对大跃进运动持否定态度,对文革则相对缓和一些,而电影《活着》中表现的政治视角则不相同,它将大跃进运动描写成一种庆典,并对文革持十分否定的态度。而且,小说中体现了悲剧性结局,而电影《活着》的结尾则是爷爷、奶奶、女婿和外孙子一家人共享天伦之乐,如果注意到其大众影视属性的话,可以说这是一种大众性的转换,但如果和制作这部电影的新时期政治性历史性现实相联系起来看时,又可以将其理解为一种意识形态性的转换。小说《红高粱》中不仅对日帝,而且对国民党和共产党等所有国民国家性的组织都保持了一定的距离,将它们都看作了外部的存在形态,从而突出了对地域共同体的认同感,❶但电影《红高粱》却与此不同,明显改编成一种亲共产党的题材。而且,小说中着重于女性的圣化,而电影则突出了男性的胜利(建立在女性牺牲基础之上的),这也是其中一种现象。此外,指责张艺谋导演迎合西方的东方主义而制作的场面,例如《活着》中皮影戏的登场,《红高粱》里对婚礼风俗的长篇展现等,都可以从这一角度上来理解。

由神话性想象力向政治性想象力的转变所带来的变形在电影《活着》中表

---

❶ 李旭渊论文中曾针对《红高粱家族》中对脱国民国家属性作过详细讨论。

现得尤其突出。如果说小说以神话性想象力为基础，展示了一种农村和城市对立的神话性空间的话，电影则以政治性想象力为基础，通过福贵的人生展示了一种以城市矛盾为内容的政治性空间。这种想象力的转换范例在 80 年代中后期中国小说向电影的转换过程中屡次出现。其原作小说大部分为新时期之后的作品，作品的倾向从文学风格上讲并不千篇一律，而各有千秋，但改编成电影之后其变化方向则大同小异，但都能看出原作小说多多少少都在共享一种神话性的想象力。大部分由第五代导演制作的小说电影化，正是因为将小说的神话性想象力改编成政治性的想象力，究其转变根源时即可发现，导演们是清晰认识到小说的神话性想象力的。而相反，只看电影时，又使人觉得它们是神话性的东西和政治性的东西混为一体，甚至还显得有些故意追求神话性的倾向。而将其与原作小说相比较时则会一目了然：其实是将神话性的东西转换为了政治性的东西。一般来说第五代导演们尽量回避社会批判或者政治问题等敏感部分，更重视命运、宗教等永久性真理，但如果细究到这种想象力的转换，反而会发现正是他们真正追求的政治性。展示这种想象力转换的代表性导演正是张艺谋。更饶有趣味的是，张艺谋的处女作《红高粱》虽然添加了不少政治色彩，但它比原作小说还具有更加浓厚的神话属性。如果以此为线索，便有可能推导出一种说明张艺谋从《红高粱》到《活着》的艺术轨迹的方法。事实上，政治性想象力也是创造现代性神话的、一种新的神话性想象力。

综述张艺谋的两部电影和原作小说之间存在的上述变形，大体上可以发现原作小说为神话性的、反省性的、非大众性的，而电影则是政治性的、妥协性的、大众性的。本来余华这个作家和莫言这个作家，还有《活着》这部小说和《红高粱家族》这部小说之间个性迥然不同，但以这两部小说为原作的张艺谋的两部电影进行比较时，却发现在这两部风格不同的小说背后还存在诸多共同属性。当然，并不能立即将这种发现扩张为文学和电影的体裁普遍论，但至少可以在研究其他情况时起到一定的参考作用。

但是，现在这种情况下，我们有必要对至今为止讨论的前提本身提出质疑：正是所谓"对原作的忠实程度"这个概念。也许需要一种从根本上转变构思。换言之，也许需要从根本上就抛弃对原作的忠实程度。我们在文学中说改编模仿的时候，例如要研究作品 A 和 B 的模仿关系，其目的并不在于为了得知 A 有多大程度保留了 B，而是为了加深对 A、B 两部作品独立个性的理解。这里重要的并非对原作的忠实程度，而是一种互文性关系，是各个作品的独立性意义。像小说和电影是否也应该这样看呢？也就是说，如果制作电影的本意是将小说按部就班地电影化的话，对原作的忠实程度应该成为重要的标准。但与其不同，制作电影的本意也有可能是在和小说的互文性基础之上，制作一部完全独立的新作品。后者对原作的忠实程度将会变得一文不值。如果将电影《活着》或者《红高粱》视为前者的情况的话，那么它们就是明显的失败之作或者说牵强附会之作。但是，如果将它们视为后者的情况的话，那么就应该从根本上来改变话语的方式。

应该怎样改变呢。此时，下列方式的叙述都应该是错误的：1）以实现对原作的忠实程度为前提，将小说和电影一视同仁。2）批判电影对原作不忠实。我们前面所进行的比较工作是和2）的范畴有紧密联系的。那么，本文又何必在尾声处才点名这个研究的局限性，而且进行这个研究的理由又究竟何在？这是因为本文认识到现下1）的观点过于泛滥。特别是在文化研究方面提出的许多强烈主张中频频犯下1）的错误。本文联系2）的范畴进行分析，是为了更加突出1）的错误而选择的策略。

实际上，对于具有模仿改编关系的A和B两部文学作品，我们既可以只和其中一部作品产生共鸣，而不和其他另一部作品产生共鸣。也可以和两部作品都产生共鸣或者和任何一部都不产生。对于原作小说和转换小说的电影更是一样。如此说来，在小说的电影化这个特殊的互文性关系上，是普遍性意义上的批评，这里特别要注意考察的是同一性和差异的辩证法。我们的比较工作虽然主要是和2）的范围联系起来进行的，其实其中已经包含了普遍性意义上的批评和同一性与差异的辩证法。

第三部分

和中国文学的对话

20世纪90年代中国文学的新状态与新阐释（1）
——先锋派及新写实小说与新状态文学的关系[1]

1. 前言

进入90年代，中国文学发生了很大变化。对这一显着的事实，几乎没有异议的余地。但是怎样理解和说明这种变化，却可以有多种不同的见解。

但是中国对此问题提出见解的主要论者们，显示出某种以世代论为前提的倾向。这与广义上的认定斗争（kampf um anerkennung / the struggle for recognition. 此处直接移用韩文汉字译出一译注）有关。像所有的认定斗争一样，较之连续，更强调断裂；为强调断裂，较之全体，更夸张和埋头于特定部分。

与此相反，本文旨在提出不同看法。本文的基本观点是：80年代与90年代文学之间不仅存在断裂，也存在连续，而且连续的一面更为重要。总的来说，本文有以下两个指向：第一，纠正断裂论对80年代文学的说明中存在的明确失误与曲解（表面看来，这种失误和曲解自然延续为对90年代文学的曲解和错误说明，实际上，反过来看也可以，即先有后者，而不是先有前者）。第二，揭示断裂论的意识形态内涵（提前做一下说明的话，断裂论未能摆脱对社会主义市场经济的急速进展采取顺应主义态度的嫌疑，即未能摆脱作为这种顺应主义的一种表现的嫌疑。并非90年代的文学如此，而是对90年代文学的阐释如此）。

为批判断裂论，本文集中剖析以下两种文本[2]：

1)《"新状态文学"三人谈》：王干、张颐武、张未民三人1994年4月

---

[1] 本论文发表于韩国《中国现代文学》第29号（2004年6月）《扬子江评论》，南京：中国江苏省作家协会，2007年第2期，缩略版，吴义勤主编，《现代中国文学论坛》第2卷，北京：中国华侨出版社，2009年，全文刊载，本书中略有修改、完善。。

[2] 这两篇文章再收录于陈思和、杨扬共编的《90年代批评文选》（汉语大词典出版社，2001）。本文的引用依据再收录本。为避免烦琐，引文出处以"文选, 页数"的方式于文中标记，不另做脚注。

的座谈,载 1994 年第 3 期《文艺争鸣》。

2)《在边缘处叙事——90 年代新生代作家论》:吴义勤论文,载《钟山》1998 年第 1 期。

以对以上文章的批判性检讨为依据,本文拟对 80 年代文学(以先锋派和新写实小说为代表)和 90 年代文学(往往被称为"新状态文学")的关系提出新的见解。

2. "新状态"话语的事例分析

《"新状态文学"三人谈》是与不同见解之间的论争或对话相距甚远的座谈。座谈的参加者自始至终只是在不断证实着彼此意见的一致。由此出现了一种相乘作用,使与之相反的意见成立的可能性被彻底摒斥在外。如王干所言,该座谈一方面是南北对话(张未民参与的《文艺争鸣》杂志以北方——长春为根据地;王干参与的《钟山》杂志以南方——南京为根据地。该座谈是两家杂志为共同企划"新状态文学特辑"在北京会晤时召开的。以北京为根据地的张颐武参加了座谈),一方面是边缘与中心的对话(如果说作为北京大学中文系教授的张颐武位于学术中心的话,王干和张未民就位于边缘)——更进一步,如张未民所言,是文学创作杂志(《钟山》)与理论批评杂志(《文艺争鸣》)之间的对话的话,如此的意见一致就不能不令人感到意外。甚至可以说,与其说是对话,不如说是独白更恰当。

三人座谈以进入 90 年代文坛上出现了"新状态文学"的判断为论议前提。将进入 90 年代后中国文学的变化只是称作"变化"与将之称为"新状态"之间有很大差异。究竟这里所说的"新状态"是什么意思,所谓"新"又是什么意思?座谈中初次提出"新状态文学"的场面如下:

王干:……随着 90 年代中国社会经济和社会文化的日益深入的进展,今天看来,作家们慢慢地找到了自己的状态,文学创作也似乎形成了一种新的与当下生活相适应的迹象,小说和散文中表现尤其明显。

颐武:我们将之称之为"新状态文学"。❶(文选,436)

---

❶ 是引用者的观点,下同。

由此看来，"新状态"有两个标识，一是作家们"找到了自己的状态"，二是创作"与当下生活相适应"。如此说来，在所谓"新状态文学"出现之前，作家们是否没能找到"自己的状态"？创作是否没能适应"当下生活"？座谈者是这样说的。王干说：

> 80年代末90年代初，文坛出现了一个停顿期。很多作家、批评家都急于找到新的创作契机和目标，但由于社会政治生活、经济生活和文化生活的动荡、变迁和错位，他们感到很迷惘，一时找不到自己的状态。在某种程度上说，当时的文学仿佛没有思考，没有自觉，而当时的社会文化却在不动声色地甚至有时是剧烈地发生着大变动。（文选，435）

仔细分析一下这段话，居于问题核心的是社会文化(和经济)生活的大变动。这种大变动导致了生活与文学之间的乖离，于是，需要找到可以使文学与生活相适应的作家的新状态，而对这种状态的寻找就是新状态文学。这样一来，大变动之前的文学是怎样的这一问题理所当然地要被提出来。众所周知，80年代后期中国文学的主要文学思潮是新写实小说和先锋派。座谈者反复指出"新写实"与"试验文学"没能直面大变动找到"自身的状态"。张未民说：

> 因为找不到自己的状态，所以"新写实"要去凝固地写"冷状态"，即所谓的十分客观化的"原生态"；同样也是因为找不到自己的状态，所以"实验文学"或"先锋文学"便坚定地搞形式探索和自我分析，也是一种与当下生活保持一种"冷处理"的态度和距离。（文选，435）

但是，这并非对大变动之前的说明。大变动之前，即80年代后期新写实小说与先锋派是否适应了当时的生活，作家们是否拥有自身的状态，对此，座谈者不仅没有回答，甚至没有提问（因此，对此前更早的文学连谈论的必要也没有了）。实际上，即使不直接说明，仍可以看出隐在的前提。座谈者在一开始就排斥了新写实小说与先锋派适应80年代后期生活、拥有自身状态的可能性。张颐武说：

> 因此从根本意义上说，"新写实"和"实验文学"都不代表对80年代形

成的文学模式的自觉的超越，而是一种连续性的调整。当然，可贵的是那样一些口号似乎已有走出80年代文学模式的意图，但怎样走出，仍不明确，这些提法一提出就立即陷入了困境。它们在共同延续80年代的人性探索、自我探索和艺术探索题旨方面，是非常明显和用力的，但其"探索"已经困顿，离当下的生活状态越来越远，态度也就越来越"冷"了。这样文学也就无法实现一种新的状态。（文选，435）

张颐武的话里隐藏着某种暗示，即80年代文学游离于当时的生活现实，没能拥有自身的状态。新写实小说与先锋派也不例外。在张颐武看来，新写实小说与先锋派的重要性只在于其具有超越80年代文学的意图，而实际上，这种意图非但没有实现，反而成为80年代文学连续性中的一环，"越来越远离当下的生活状态"。这句话含义微妙。这里所说的"当下生活状态"并非指80年代末90年代初的生活状态，而是指80年代后期的生活状态。这样，就成了新写实小说与先锋派不是没能直面大变动找到自身的状态，而是在此之前就没能找到自身的状态。在这里，曾被王干置于逻辑核心处的80年代末90年代初的大变动，被悄悄置换成了所处时代的生活状态一般。如此看来，新写实小说与先锋派最初即与同时代的生活状态相乖离，没能找到自身的状态，而此前的80年代文学则更是如此的判断，则无法不被视为张颐武论说的前提。

至此，我们可以觉察到座谈者特异的二分法思维。这种二分法的一项是"新状态文学"＝"确保自身的状态"＝"与生活状态的适应"＝"文学本来的面貌"，另一项是"80年代文学（包括新写实小说与先锋派）"＝"自身状态的阙如"＝"与生活状态的乖离"＝"残疾状态的文学"；对一方全面肯定，对另一方则是全面否定。尽管下面还将详细检讨，这种二分法与事实（或者真实）相距甚远，未能超出为证实新状态文学的正当性而将此前所有文学一并打包进行批判的格局。这样，勿需多言，为新状态文学正当性的立证自身也无法获得正当性。这种二分法的更成问题之处在于，其中夹杂着现实顺应主义的意识形态。这里，在深层还隐藏着另一个二分法：大变动以后的现实（及生活状态）是正常的，值得期待的，与之相比，此前的现实是非正常的，不值得期待的（我们看到，在中国现代史上，这种二分法曾反复过数次：新中国成立时，文化大革命爆发时，新时期开始时，等等）。这种深层的二分法暗地里使这样一个前提得以成立：文学在大变动以后的现实中寻找自身的状态是可能的，而在此前的现实中，所谓文学自身的状态一开始就是不可能的。

在我们看来，这种二分法有根本性的错误。如果说大变动以后的现实是正常的，此前的现实也可以被视为正常；如果大变动前的现实是不正常的，大变动后的现实也可以被视为不正常（"正常"的标准究竟是什么？"正当"的标准又是什么？）。对新状态文学与80年代文学及新写实小说、先锋派来说也是如此。如果说80年代文学聚焦于人生探索、自我探索和艺术探索的话，这并非是游离于当时的生活状态，因为这种探索本身就是适应当时生活状态的一种有效方式。如果说新状态文学致力于所谓生活流的文学表现，这不仅不是什么万应灵药，反而可能增大陷入某种自然主义表面性的危险。正确地说，事实（或者真实）从一开始就存在于上述二分法的构架之外。

仔细分析一下《"新状态文学"三人谈》指出的新状态文学的几个特征，事情就一目了然了。直接引用座谈发言的话，新状态文学的特征可整理如下：

1-1）"新状态文学不像'新写实'那样完全从外在的视角去描述一个客体，也不像'实验文学'那样沉迷于语言形式的探索，它对生活的鲜活状态保持一种敏锐的感觉，在艺术形式探索上保持一种不经意的自由状态，一切都以最充分地呈现当下的生存状态为旨归。"（张未民语）（文选，448）

1-2）"原来的'新写实小说'有一个外在的叙事者，到了新状态，叙事者和作家是一回事了，叙事者具有了作家的身份。这个作家就是生活状态中的一员，与小说中的人物没有一个超距离的关系，而是等距离的或是重合的关系。"（王干语）（文选，448）

1-3）"新状态文学不再像过去那样热衷于寓言模式的创造，寓言模式的作品以象征为基础，所有的人物、故事、讲述都服从于一个设计好的大的主旨，最后形成一个结构，达到飞跃和升华。而新状态作品则无意于结构的经营，以松散流动叙述取胜，是一种超越语言模式的状态流、自然流，并不是为了完成一个寓言性的象征而展开叙述。"（张颐武语）（文选，448）

以上引文有的地方是通过与以前文学的对比来论述新状态文学特征的。引用1-1）是从将"生活流"作为新状态文学最重要的特征来把握的观点出发的。由于主旨是暴露当下的生存状态或者生活状态，因此形式不是事先给定的，而是开放的；为有效地暴露生活状态，或者自由选择适当的形式，或者创造新的形式。的确，新状态文学确实突出呈现出了这种面貌，但是很难说此前的文学就不是这样。特别是新写实小说，其要点恰在于此，而先锋派形式实验的宗旨也非与此无关。是否果真如引文主张的那样，新写实小说"完全从外在的视角去描述一个客体"，先锋派"沉迷于语言形式的探索"？正确来说应该说情况有时是这样，有时就不是这样，甚至即使情况是这样，也并非一定要给予否定性的评价。根据自身情况，"完全从外在的视角去描述一个客体"可以成为一种有意义的方法，而"沉迷于语言形式的探索"本是以前文学保守主义为非难文学先锋派而津津乐道的话，这种评价的恰当性只限于先锋派的二流和三流作品。

引文 1-2）确实有其道理。新写实小说大致上避免作家的介入或直接暴露，这是事实（但据此说"状态"在作家之外并不一定合适，将这规定为新写实小说的局限很难让人认同）；新状态文学中作家的介入或直接暴露越来越多，这也是事实（但是并非在 80 年代文学中无法发现作家的介入或直接暴露。相反，可以找到不少事例）。从该引文稍微向前一点（文选，446），王干将王安忆、王蒙、朱苏进等 80 年代作家的 90 年代作品——《纪实与虚构》、《恋爱的季节》、《接近于无限透明》——认证为新状态文学，理由是这些作品具有自传性格。对《纪实与虚构》和《恋爱的季节》，王干注目的另一特征是主人公——作家站在现在探索过去的岁月，对过去岁月的探索成为现在生活的最重要组成部分。特别是对《恋爱的季节》，王干作了更为仔细的说明，按他的话来说，该作品在描绘 50 年代热情的同时，也表现了 90 年代的冷静状态。接着上述说明，王干断言"这和《活动变人形》等 80 年代作品大不一样"。但是王干所注目的《恋爱的季节》的特征性面貌在 1987 年发表的《活动变人形》中就已经明显地显现出来了。王干是否读过《活动变人形》？或者是为了断裂论的成立而故意进行了误读？

引文 1-3) 的议论方式相当粗暴。极为反讽的是，张颐武自己警戒的西方理论的束缚悖论式地显现了出来。之所以说粗暴，是因为张颐武将 80 年代的文学一并打包并将之作为寓言模式登记入簿。张颐武的议论令人联想到杰姆森（Fredric Jameson）的第三世界文学论提出的民族寓言论。杰姆森的民族寓言论确实含有东方主义倾向，对此，张颐武显然持批判态度。因此，对杰姆森予以肯定评价的第三世界文学的民族寓言，张颐武给予了否定性评价。但是这里夹杂了些微但重要的误会。杰姆森的民族寓言并不局限于狭义的寓言形式，是较为深层的、总括的概念。与此相反，张颐武的寓言指称的是字面意义上的狭义的寓言形式（上面的引文显然是这样的）。正因如此，张颐武将80年代文学总称为寓言并加以全面否定是不对的。较之狭义的寓言形式，80年代文学中的非此类作品更多。张颐武的这种议论方式不仅不正确，也未能对杰姆森的理论给以彻底的对应。❶

不与以前的文学进行对比而直接指出新状态文学特征的发言引用如下：

2-1）"它的表现是瞬间性和长时段的结合，总的状态氛围是一种瞬间状态，在这种当下状态之内，又伸长出长时段的过往岁月。"（王干语）（文选，448）

2-2）"它的结构有随意性的特点。呈现的状态也是多义矛盾的。"（张未民语）（文选，448）

2-3）"新状态文学还很大程度上混合了雅与俗两种文学的界限，虽然它整体仍是一种纯文学的状态，但它已不再坚持那种非常崇高和庄严的形象，在自由松散状态中不排除对通俗文学模式的戏仿，从而使文学的姿态向日常生活状态靠拢。"（张颐武语）（文选，449）

2-4）"新状态文学写作呈现了一种语言之流，这语言之流有跨越古典与现代、中土与西方的形势，是一种跨文化的语言之流"。（张未民语）（文选，449）

2-5）"新状态文学还主要是一种表现城市状态的文学。"（王干语）（文选，448）

---

❶对下面这一点的揭示反而能成为彻底而有效的对应，即，即使狭义的寓言也与杰姆森意义上的民族寓言不同。莫言的《红高粱家族》就是很好的例子。张颐武举了张艺谋的电影作为"向西方展示一种东方奇观（它同时让我们国内人看了有一种文化上的压抑感）"（文选，440。或者换一种表达方式，稍微向后几页，用444页上张颐武的话来说，"提供西方式的解释或对国人担负全面灵魂塑造的重任"）的寓言的例子，比如张艺谋的电影《红高粱》，确实未能摆脱此种嫌疑。但是，该电影据以改编的小说原作《红高粱家族》却与电影不同，它向着别种方式的阐释广阔地敞开着。

引文 2-1) 与引文 1-2) 说的是相同内容，这里就不重复议论了。引文 2-2) 与 2-4) 指出的特点在 80 年代文学中也可以找到不少。王蒙的《活动变人形》，莫言的《红高粱家族》，以及高行健在国外写成的《灵山》等作品，就可以作为对应以上两段或其中一段引文的例子。2-5) 说的都市文学，不用说 80 年代文学，在 30 年代文学中就曾活泼地出现过。只有 2-5) 中指出的现象确实称得上是随着市场经济的急速进展而出现的 90 年代的现象（但是这种现象是否果真是肯定性的，对此还需另外加以检讨。由于通俗文学样式的采用从而使文学得以接近日常生活状态的说法更缺乏说服力）。

综合以上考察，不能不说 90 年代的新状态文学与 80 年代文学之间存在截然断裂的主张是没有说服力的。这一主张用以证明自己正当性的根据大部分逻辑性很弱。我们由此确认的反而是 80 年代文学与 90 年代文学的连续性。证实这种连续性的最好的例子，就是座谈者中的王干言及过的王蒙、王安忆、朱苏进等 80 年代作家的 90 年代作品与 80 年代作品之间的关系。这里再追加更多作家的名字——曾作为寻根派作家活动过的韩少功与莫言，新写实小说作家池莉、叶兆言，先锋派作家余华、苏童等，就是有代表性的例子。

3. "新生代"话语的事例分析

90 年代文学与 80 年代文学之间显现出的最明显差异是，90 年代存在着一些 80 年代没有过的新作家，即所谓"新生代作家"（这里说的"新生代"含义相当于韩国的"新世代"）。新生代作家是"新状态文学"的一部分。如果说新状态文学不是单一的同质化的话，在其多样化的构成中，与 80 年代文学产生最大差异的可能性就寄托在新生代作家身上。即，对断裂论来说，新生代作家正是其选择论据时的最好事例。

如前言所述，本文下面将要分析的文本是 1998 年发表的吴义勤的《在边缘处叙事——90 年代新生代作家论》。该文在时间上与《"新状态文学"三人谈》有 4 年差异。如果说《"新状态文学"三人谈》由过多的意欲和多少有些兴奋的气氛占主导的话，《在边缘处叙事》的论述则以更为平静为特征。这里虽然也存在个人视角的差异，4 年的时间差异也应是起作用的因素。

吴义勤所说的新生代作家是指 60 年代出生、90 年代成名的作家群体。这样规定的理由是，他们与同样出生于60年代但在80年代就已经成名了的作家们的创作倾向有显著不同（文选，288）吴义勤认为，由于这些新生代作家在文学风格上差异分明，因而将他们绑在一起谈论是无理的。吴义勤按写作类型将新生代作家分为以下三类：

其一是哲学型（或技术型）。这类作家继承了新潮小说❶的文本探索风格，仍以对深度主题的哲学化表述为主，因而文本的晦涩与技术上的实验色彩可以说与八十年代新潮作家一脉相承。这类作家的代表人物有鲁羊、刘剑波、毕飞宇、东西等；其二是私语型。这类作家的小说重在表达纯粹生活化的私人体验，个体的边缘性的经验在文本中被强化到了一个突出甚至极端的地位，这些小说尽管在形式上仍坚持着新潮小说的实验性，但对于读者来说形式也只是他们私人经验的附庸或陪衬，它几乎被那种梦幻般的个体心理体验的宣泄所淹没了。这类作家的代表人物主要是当今正走红的几位女性作家如陈染、林白、海男等；其三是写实型。这类作家以对当下现实的书写为主，文本透发出浓郁的时代心理写实气息，对九十年的商业语境下的种种生存现实进行了全方位的透视与描写。这些作家基本上已经放弃了新潮小说的技术实验色彩，而是追求一种朴素的与生活同构的叙述方式，作品具有强烈的生活感和现实感。这类作家的代表人物是何顿、张旻、朱文、韩东、邱华栋、述平、徐坤等。（文选，288-289）

可以说，《"新状态文学"三人谈》注目的是上面的第二和第三类作家（因此选了陈染、何顿、张旻、韩东、述平作为显现出新状态的新一代作家）。吴义勤与《"新状态文学"三人谈》的决定性区别在于，他注意到了他称之为"哲学型（或技术型）"的写作类型。按照吴义勤的观点，这些"哲学型"作家是新潮小说——先锋派的继承者。所以，以先锋派与新状态文学的截然断裂为主旨的《"新状态文学"三人谈》无视吴义勤的"哲学型"作家的做法就一点也不奇怪了。尤其是，吴义勤认为"私语型"作家仍在坚持新潮小说——先锋派的实验性，尽管此时的实验性已经只是附庸乃至陪衬了。《"新状态文学"三人谈》在说明陈染等人的自传式、私小说式作品倾向时，不仅完全没有言及这

---

❶ "新潮小说"是"先锋小说"即先锋派小说的别称。虽然"实验小说"、"探索小说"及"形式主义小说"等用语也一直与之无显著区别地同时被使用，用以指称同一对象，但事实上随着语境不同，这些用语在细微含义上略有差异。大体说来，同一论者无特别原则地将几个用语混在一起使用是很常见的事，但论者为了更好地与自己的观点相契合而选择特定用语的情况也是有的。在其著作《中国当代新潮小说论》（江苏文艺出版社，1997）的《导论》中，吴义勤很好地阐明了自己使用"新潮小说"这一用语的理由。本文暂对该问题不做考察。

种实验性，而且将之作为与实验性无关甚或是反实验、超实验的作品来把握。这说明两者之间的根本分歧在于如何把握先锋派与新状态文学，更扩展开来，80年代文学与90年文学之间的关系这一问题上。不仅如此，对所谓实验性的认识似乎也存在分歧。很难说这两点分歧谁为因谁为果，但两者之间显然存在着彼此相应的关系。

尽管吴义勤将新生代文学分为三种不同类型，他并未抹杀三者之间的相似性，而是主张对之有可能作共通理解。这一主张在我们的讨论脉络中非常重要。根据吴义勤的观点，首先，新生代作家是90年代边缘化文学语境的必然产物。吴义勤的要旨是，伴随市场经济进展而产生的文学边缘化现象反而使文学的某种自由状态成为可能，而新生代文学的三种类型都是这种自由状态的产物。尽管这一边缘化论的内容尚有提出异议的余地❶，我们至少可以同意新生代文学是在边缘化现象中产生的这一要点。吴义勤指出的第二个要点是，新生代文学是80年代以来的新潮文学——先锋派的自然延续。在这一点上，吴义勤与《"新状态文学"三人谈》的立场恰好相反。并非只有无变化的持续才是连续。毋宁说连续是在变化中反而会变得更为重要的概念。由于看到了变化中的连续，吴义勤才有可能说出下面的话：

虽然，早在80年代末90年代初关于新潮小说"终结"和"死亡"的宣判就不绝于耳，但我总觉得这样的宣判完全是批评家的一厢情愿式的武断结论，它根本就不符合中国当代新潮文学的发展实际。（文选，292）

吴义勤的连续论甚至干脆将新生代文学看作新潮文学的新阶段。吴义勤认为新潮小说的发展经历了三个阶段，第一阶段是1985年前后由马原、残雪等代表的前期新潮派；第二阶段是1987年以后由余华、苏童、格非、孙甘露等代表的后期新潮派；第三阶段是20世纪90年代的新生代文学。吴义勤正是到"文学的边缘化"中去寻找第三阶段的新潮文学与前面两个阶段的决定性差异的（吴义勤文章的后半部对在"边缘化"中变得可能的新生代文学的种种特征性面貌进行了考察）。不顾决定性差异的存在而将90年代新生代文学视为新

---

❶ 文学边缘化问题并非是20世纪90年代中国独有的问题，而是一种普遍现象。之所以这样说，意在暗示并非只有市场经济才是边缘化的原因。更具体地说，只有联系消费社会、信息化社会、媒体社会等语境才能恰切地说明这一问题。该问题有必要在从现代文学出现至今的历时性观照中做深层探讨，为此需要另行撰文。

潮文学第三阶段的理由是什么？吴义勤揭示了积极和消极的两个层面。积极的层面是，作为一种文学成果，新潮小说对文学观念的全面叛逆以及对各种文学形式的成功演练被新生代作家完整地继承了下来，由此垫高了他们的艺术起点。消极的层面是，作为它山之石，新潮小说的困境、失误和矛盾也遗留给了新生代作家。

将 90 年代新生代文学视为新潮文学的第三阶段是否真的恰当，对此尚有争论的余地。但是即使不同意这种新潮文学第三阶段说，现在我们也已可以考虑王干、张未民、张颐武三人的新状态论与吴义勤新生代论的差异具有何种文学史意味了。像吴义勤那样将 80 年代新潮文学与 90 年代新生代文学之间的关系作为连续性的关系来把握时，在新潮文学与此前的文学之间发现文学史脉络断裂的可能性就增大了。反过来，像王干、张未民、张颐武三人那样在新潮文学与新状态文学之间发现断裂时，就增大了将新潮文学与此前的新时期文学作为同质性的东西来把握的可能性。所有世代都有将自己视为新纪元的属性，这种属性与认定斗争的战略合谋生产出过激世代论的事例屡见不鲜。与此联系起来看的话，由 90 年代的新世代提出断裂论，由旧世代提出连续论是很自然的事情。但有趣的是，王干、张未民、张颐武和吴义勤的例子刚好相反。1966 年生人，可以说是属于新生代的吴义勤提出了连续论，而早在 80 年代后半期就已活跃地展开了批评活动并曾是主张"新写实主义"的代表性论者的王干反而提出了断裂论。

4. 文学史视角：断裂与连续的复合

前章分析的吴义勤的连续论有很多部分可以赢得我们的首肯——在新生代作家中发现差异，对这些差异作共通性理解的试图，将新生代文学与 80 年代后半的先锋派文学之间的关系作为连续性关系来把握，等等。但是，在将新生代文学作为新潮文学——先锋文学的第三阶段来把握这一点上，我们很难马上认同。较之其他，最决定性的问题在于，在吴义勤的论述构图中没有新写实小说的位置。吴义勤自始至终拒绝或回避对新写实小说的论述。这与王干、张未民、张颐武三人的断裂论较之先锋派更致力于新写实小说的议论——不管其内容如何——的做法形成了微妙的对照。

笔者在另一篇文章❶中曾对新写实小说做过比较详细的检讨。用与该文稍微重复的话来说，首先，"新写实"这一命名本身就有失妥当。

1989年《钟山》杂志推出"新写实小说大联展"特辑，首次使用"新写实"这一名称❷。众所周知，该名称指出现于80年代中叶而后迅速扩展开来的一个新小说流派。该流派代表作家方方、池莉、刘恒、刘震云等的主要作品的发表始于1986，1987年左右。因此，"新写实"这一名称不是产生于作家们的自我命名，而是新闻界（甚至是批评界）事后贴上的标签。伴随这一命名的是特辑编辑者对"新写实小说"创作特征作如下概括——"特别注重现实生活原生态的还原，真诚直面现实、直面人生"。然而，最初的这种命名和概括就是有问题的。

"新写实"这一名称主要以对从前的"社会主义现实主义"的替补意识为其内容。❸《钟山》的编辑者以"特别注重现实生活原生态的还原，真诚直面现实、直面人生"来概括"新写实"小说的创作特征时，得到强调的是"原生"这个词。这个词的使用是为了和以前的"社会主义现实主义"相区别。换个方式说，以前的"社会主义现实主义"以现象和本质的二分法为依据，主张达到对本质层面的"现实"的认识和反映，而实际上却被政治权力的现实阐释以及意识形态所代替。与此相反，"新写实"小说可以说拒绝这种现实阐释和意识形态以及由此导致的对现象层面的"现实"的遮蔽，观察和描写现象层面的"现实"本身。从表明差别这一点上看，"新写实"这一名称有一定的恰当性，但是，积极地思考一下的话，这里隐藏着不少问题。

首先，作为一个文学史课题，对"社会主义现实主义"的拒绝与摆脱从70年代末80年代初的王蒙、宗璞、谌容等人就已经开始，至80年代中期以前就已经完成了。但是，到了80年代末，在脱（/去/后）-社会主义现实主义上加上"新"这一定语，显得很不自然。与之相比，我们应从更前进一步的

---

❶《新写实小说——传闻与实际》，《中国语文学》第38集（岭南中国语文学会，2001）。该文是对金英哲编译的《中国现代新写实主义代表作家小说选》（乡村文化出版社，2001）的书评。

❷记得王干参与了《钟山》包括该特辑在内的一系列有关"新写实"小说的企划，其详情尚未确认。

❸这一新的小说流派在1988年由《文学评论》和《钟山》共同主办的"现实主义与先锋派"讨论会上成为讨论对象，曾被称为"后现实主义"、"新现实主义"等。1989年由《钟山》命名为"新写实"，从此名称被固定下来。（参照陈思和主编《中国当代文学史教程》，复旦大学出版社，1999，P.320）"新写实"之前使用的名称也明显是出自对社会主义现实主义的替补意识。

视点上把握"新写实"小说的文学史意义。80年代末一定要使用"新写实"的理由只有在强调"写实"而不是"新"的情况下才能成立。如果重视王蒙、宗璞、谌容等人以及80年代中期开始的先锋派的现代主义倾向的话，他们当然不能成为"新写实"。那么被称作"新写实"的小说呢？它们真的是现实主义倾向吗？这个问题并不容易回答。比如被视为"新写实"小说代表作的方方的《风景》就无法说是现实主义倾向。对此，在新写实论正行其道的当时就出现了不少异议。例如，金汉曾就"新写实"小说指出："既具有传统的写实成分，也不完全拒绝现代主义手法"。❶但是，当时的议论没有摆脱是现实主义的还是现代主义的这种二者选一的模式，所以最终除了现实主义之外别无选择。从金汉以"从整体上来说是现实主义的"、可以说是"与传统现实主义略有区别的""新现实主义"的方式来解决"很难作为现实主义来解释，也很难规定为现代主义的变种"❷的困境就可充分推测出这种情况。

第二，"新写实"名称缺乏积极性内涵。大部分论者都将"现实生活原生态的还原"和"生存意识"看作"新写实"正体性。如果这种把握有道理的话，就应摸索相应的以此为积极内涵的名称。并且，为了这种摸索，首先应对以"现实生活原生态的还原"和"生存意识"来把握"新写实"小说的正体性是否恰当这一问题进行再检讨。"生存意识"这一概念过于宽泛，对"新写实"以外的其他许多作品也可适用，而所谓"现实生活的原生态"本身就可以是一种意识形态性的概念（"现实生活的原生态"是否真的存在？即使存在，在对之进行认识、描写、叙述的过程中是否能不受到意识形态的作用？换句话说，被叙述的内容是否仍是"原生"的？那么，结果是否恰恰是意识形态的作用成了正体性的依据？对此，我们无法不提出疑问）。

第三，在"新写实"这一肤浅的名称下被绑在一起的作家作品具有单一的说明所无法概括的多样性。即使已被公认为"新写实"小说代表的方方、池莉、刘恒、刘震云四人论，较之共同之处，其各自的个性也更为突出。

在对这些问题盲目的情况下，只是封闭在最初的命名和概括中来讨论所谓"新写实"小说，就会出现一连串的错误。这种错误在对"新写实"小说进行

---

❶金汉：《中国当代小说史》，杭州大学出版社，1990，P.410。
❷金汉：《中国当代小说史》，杭州大学出版社，1990，P.410。

批判乃至非难时就更为严重，这一点在王干、王未民和张颐武身上很好地表现了出来。

在我们看来，"新写实"小说决非一定要被桎梏于写实主义——现实主义的框架内。更恰当地说，它和那个框架没什么关系。值得注目的反而是"新写实"小说与"先锋"小说边界的不分明这一点。在前述同一场和，陈思和未将"新写实"小说和"先锋"小说作为两个分开的范畴看待。陈思和对两者差异的说明是：与"先锋"小说把意义规定在小说的叙事形式相比，"新写实"小说把意义规定在现实生活本身（生存过程）。❶如果陈思和的说明有道理的话，尽管意义规定方式的差异会带来其他差异，两者的重叠也在某种程度上变得可能了。实际上，陈思和似乎把"新写实"小说设定为一个更为宽泛的概念。陈思和首先说明被归入到"新写实"小说名目下的作家非常广泛，几乎包括了"寻根文学"以后文坛上所有最活跃的作家，这样，他将苏童这样的先锋派作家也包纳进去的做法才有可能成立。❷

由此，重新分析一下先锋派的必要就产生了。先锋派显然是以广义的西方现代主义样式（从先锋派到后现代主义）的接受为动因的（尤以法国新小说和中南美的加西亚·马尔克斯的影响为最）。让我们首先从广为扩散的误会开始入手。所谓西方文学的影响——接受是否一定要被唾弃？这不一定。没有外来东西的影响——接受，历史上什么文学（扩展开来的话，文化）也不会存在。问题只存在于影响——接受的方式和内容。如果先锋派只不过是西方现代主义的机械模仿，只是为了形式实验的形式实验，它当然应该受到批判。但是，进行更细致的分析就会发现，尽管先锋派对西方现代主义的接受存在机械模仿的现象，但其中同时也夹杂着对抗、变形和有意的歪曲等。

这多种不同的态度随着其针对对象的不同，即其针对的是广义上属于现代主义的多种流派的哪一派，是英美现代主义还是先锋派（表现主义，达达主义，超现实主义，荒诞派，存在主义，新小说等），或者更远一点，还是后现代主义——会显出微妙的差异。不能正确把握这些复杂微妙的变奏的话，对先锋派

---

❶ 陈思和主编：《中国当代文学史教程》，复旦大学出版社，1999，P.306。

❷ 陈思和主编：《中国当代文学史教程》，复旦大学出版社，1999，陈思和在这里列举的作家有刘震云、方方、池莉、范小青、苏童、叶兆言、刘恒、王安忆、李晓、杨争光、赵本夫、周梅森、朱苏进。

与现代主义关系的把握要么只能停留在肤浅的水平上,要么只会成为一种误导。此外,这些多样的态度不单纯是形式实验的问题,它们是作为揭示现实生活的方法而被实验的(当然成功的程度因作家作品的不同而有差异)。

与此相比,"新写实"小说中重要的是如何看待某种生活的问题,而不是采用什么形式、什么方法的问题。这就意味着新写实小说具有形式的和方法的开放特性。而且这样一来,先锋派的与揭示现实生活这一契机紧密结合的形式实验就有可能进入新写实小说形式的和方法的开放性之中。笔者基本同意陈思和的说法,并想由此更进一步,即新写实小说吸纳先锋派从而实现自我扩大,并在直面被称为90年代的新现实、对自身做发展性改变的过程中产生了所谓新状态文学(或者转化为所谓新状态文学)。

这样的把握与前面做过批判性分析的新状态话语有相当程度的符合。虽然在对新写实小说和先锋派的把握以及对它们与新状态文学之间关系的把握上有差异,但对新状态文学自身的把握基本相同。也许,新状态文学在形式上达到了某种自由状态,在这一自由状态中,现代主义只是与其他创作方法及形式处于对等立场的一个部分罢了。这种自由状态是没有序列的混杂状态,在这里,传统未必一定是旧的,先锋未必一定是新的,各种形式同时共存。这种混杂共存的根据是当下的日常生活本身。在现实生活中,传统的与现代的,本土的与外来的,文明的与蒙昧的不断相互交错,引发矛盾,因此,对这样的当下生活状态做动态揭示的新状态文学成为各种形式的混杂共存就是很自然的事情了。以上观点既是新状态话语的观点,也是笔者的观点。如果说新写实小说的形式和方法的开放性相对而言有局限性的话,新状态文学的开放性则变得更为宽广,内容也变得更为丰富了。但是两者之间不仅存在断裂,也存在连续,相对于断裂,连续更为重要。断裂建立在连续之上才具有真正的意义。正确看待这种断裂与连续的复合的文学史视角是紧要的。即使对新状态文学自身的把握是恰当的,当它与对新写实小说(以及先锋派)的错误把握相结合时,其恰当性也会受到损伤。

然而,我们对断裂与连续的复合的文学史视角的结论尚处于假说乃至演绎阶段,为证明其正确性需要继续进行细密的考察。在考察过程中,这一假说理所当然地要接受很多修正和补充。

20世纪90年代中国文学的新状态与新阐释（2）
——从新阐释的观点看新时期文学史与新状态文学[1]

1. 前言

　　本文的出发点是 20 世纪 90 年代中国的新状态文学。在以"先锋派及新写实小说与新状态文学的关系"为副题的论文《20 世纪 90 年代中国文学的新状态与新阐释研究（1）》[2]中，笔者曾论证了新状态文学不是在与 80 年代文学的断裂中形成的，而是在连续中形成的。较之前文，本文的出发点是：新状态文学使文学的新发现成为可能，而这种新发现则要求新的文学史记述。这种新的文学史记述与新状态文学的断裂论不同。夸张一点说，文学史记述本身就拒斥断裂论，文学史记述没有连续的契机是无法成立的，更准确地说，只有在断裂与连续的复合中文学史的记述才是可能的，只不过文学新发现的内容不同，文学史记述的内容也会相应不同。

　　新状态文学抬头前的文学史基本上是在现实主义与现代主义的对立这一认识框架中被观察、思考和记述的。这一框架实际上一直支配着 20 世纪中国文学的记述，并在相当大的程度上有效地说明了 20 世纪中国文学的历史。80 年代中后期出现的新写实小说使这一框架开始显现破绽（前文已对此做过考察），及至 90 年代，新状态文学一出现，这一框架便终于陷入崩溃。面对中国未能及早经历的、完全不熟悉的所谓社会主义市场经济的加速发展这一新现实的到来，由于切实认识到了该现实与向来的任何思潮或方法都不充分相符，中国文

---

[1] 本论文发表于韩国《中国文学》第 45 号（韩国中国语文学会，2005 年 5 月）。《扬子江评论》，南京：中国江苏省作家协会，2007 年第 2 期，缩略版，吴义勤主编，《现代中国文学论坛》第 2 卷，北京：中国华侨出版社，2009 年，全文刊载，本书中略有修改、完善。。

[2] 发表于《中国现代文学》第 29 号（韩国中国现代文学学会，2004，6）和《评论》（中国江苏省作家协会）2005 年第 1 期。

学没有从思潮或方法出发,而是从现实自身出发,对思潮和方法采取了自由、开放、流动的态度,由此产生的文学就是新状态文学。如此一来,无论是现实主义还是现代主义都不是文学的本质或实体这一点就鲜明地显现出来了。于是,新状态文学自身就成了对新的阐释观点的客观要求。可能回应这一要求的新的阐释观点可以有很多,但从 20 世纪 90 年代中国的实际状况来看,可以选出以下三种观点❶:

1)后结构主义观点
2)后殖民主义观点
3)女性主义观点

这些原本产生于西方的观点如何被中国接受、如何展开、其要点是什么,对这些问题的考察本身就是一项大作业。要言之,在我看来,这些观点虽然引自西方,但在相当程度上已根据中国的现实本土化了(这种本土化既有肯定性的层面,也有否定性的层面,需要对两个层面做均衡的把握)。

从后结构主义的观点来看,要点是现代性与现代主体的问题,可将对现代性的态度、对现代主体的态度作为分析基准来把握文学史的变化;从后殖民主义的观点来看,要点是他者性与本土性的问题,可以关注以下几个方面:用与西欧主体立场相同的视线即他者的视线将自己边缘化的情况,以及与此相反,追求本土的、中国的东西反而却迎合了西方人的东方主义的情况,还有为克服这种陷阱、获得本土性而进行的多种努力以及这些努力之间出现的相互补充与冲突的关系等;从女性主义的观点来看,要点是性别(Gender)的正体性❷问题,一向被置于盲目状态、不加区别地被等同的主体在此被区分为男性主体和女性主体,由此就提出了以向来被忘却或被无视、隐蔽、压制的女性主体的观点来回顾文学史的必要。

原计划分别运用这三种观点进行细密的考察,但随着作业的展开,越来越明显地看出那远远超出了一篇普通论文所能承担的范围。因此,本文选择女性主义观点作为集中考察的课题。在某种意义上,女性主义观点除了引入性别概念之外难说具有什么独创的方法上的正体性。从较早的自由主义女性主义开始

---

❶还可以追加大众文化观点,但脉络略有区别,故在此作论外处理。
❷指觉悟到本来真正面貌的性质,或具有这种性质的独立存在。——译者注。

到马克思主义女性主义为止,女性主义事实上一直是以与其他思想体系(具有独创的方法上)的结合形态展开的,但似乎正是这一点可以在本文的论述中凸显其优势。虽然女性主义有很多种,无法做出单一规定,但其中在理论上最为领先者是将后殖民主义和后结构主义作为自己的本质部分含纳于自身之中。这与后殖民主义对后结构主义的做法完全相同。既然说到这里,就暂且分析一下。多数代表性的后殖民主义理论其自身同时也是后结构主义的。如果《东方主义》的作者爱德华·萨伊德(尽管在《东方主义》中积极地接受了福柯之后又与之保持了距离)与密歇尔·福柯有扯不开内在关系,佳亚特里·斯皮瓦克则批判福柯,接受雅克·德里达,而霍米·巴巴则以福柯和德里达作为理论准绳。女性主义也是如此。就后殖民主义女性主义而言,在与后殖民主义结成内部关系的同时,又通过此关系与后结构主义发生了关联,甚至也有干脆直接积极吸收后结构主义的情况,佳亚特里·斯皮瓦克(她既是后殖民主义者又是后殖民主义女性主义者)就是一个好例子。基于以上理由,本文选择女性主义来考察从新阐释的观点来看新时期文学史呈现为何种面貌。

2. 从新阐释的观点看新时期文学史之一例

虽然女性主义(Feminism)历史悠久,但它作为主导性的流行思潮抬头却不是那么遥远的事。就西方而言,直接从18世纪自由主义哲学中成长起来的自由主义女性主义被确认是最早的女性主义❶。1792年玛丽·沃斯通克拉夫特的《为女性的权利辩护》和1869年约翰·斯图尔特·穆勒的《女性的屈从地位》是将重点放在个人自律性和自我实现等传统自由主义概念上的自由主义女性主义古典著作。以全美女性机构(NOW: the National Organization for Women)为代表的20世纪后半期的自由主义女性主义主张为女性争取同等权利、同等机会、同等报酬,运用教育、立法、诉讼等手段,为法律、经济和社会领域的公正性而展开活动。较之废除既存结构,它更致力于对既存结构进行改良,以使它接受女性。在文学研究领域,它表现为主张将女性作家纳入经典之列,或者在学界为女性争取同等的机会。

---

❶Joseph Childers,Gary Hentzi 著:《现代文学、文化批评用语词典》,1995。黄钟渊译,文学村出版社,首尔,1999,P.258。以下对女性主义历史及类型的简略考察均参考该书有关词条。

激进女性主义于20世纪60年代后半期抬头。这场运动关注的是女性作为一个阶级所受到的压迫。激进女性主义者投身于革命和大众运动组织，与其他左派不同，她们将"性的辩证法"而不是将阶级看作所有压迫的原型。她们不仅追求公共领域的变化，还在"个人的就是政治的"这一口号下，将结婚、家务劳动、育儿、异性爱等作为父系家长制度来把握，并将之作为政治上的行动主义的鹄的。这场运动在进入70年代后被文化女性主义所取代。

文化女性主义着重于把握传统上认为是属于女性的许多资质（主体性，与自然的亲密感，怜悯，对他者的依存等），认为这些资质是肯定性的、因而是优越的特征。与自由主义女性主义者旨在接近既存的男性制度不同，文化女性主义者主张要以"女性的"价值观点对既存制度进行再构想。此外，她们强调，女性与某种"女性的"资质的关联并非是先天的，而是学习得来的，并且指出，那些资质不仅对女性而且对男性也具有对策性价值。70年代后激增的女性研究大体上是以文化女性主义为根基的。

80年代后半期以后急速抬头的性别（Gender）研究与文化女性主义有一定的关联，但与将女性放在与女性文化的关系中考察的文化女性主义不同，它注目于男性和女性两极（即在与统治文化的关系中考察女性文化）。从一个个人的性别不会从解剖学上的性（Sex）中自然而然地流露出来这一前提出发，她们将分析男性和女性的性别正体性是如何被构成的作为自己的作业内容。在他们看来，男性性与女性性的意义是互相关联的，那种将性别看成是中立的或者是普遍的的看法实际上往往是男性的，是排斥女性的。

另一方面，针对文化女性主义所具有的人种的、阶级的偏见乃至局限性，出现了社会主义女性主义（马克思主义女性主义）和后殖民主义女性主义。社会主义女性主义将马克思主义的阶级关系分析与激进女性主义的性别关系分析结合起来并使二者相互对话，试图对之进行重新定义。资本主义与男性优势，生产与再生产问题，作为有偿劳动者的女性与作为母亲的女性，社会主义女性主义以上述问题为鹄的，提出女性的"隐性劳动"概念，将之作为在资本主义与父系家长制的相互关系中产生的剥削的例证。后殖民主义女性主义认为，文化女性主义模糊了女性间存在的人种差异，因此它实际上只不过是白人女性的文化。以此为根据，后殖民主义女性主义反对对"女性的"文化展开一般性解说，而是站在非白人女性，即黑人和第三世界女性的立场上以新的方式提出问题。

中国在新中国成立以前（即1949年以前）就出现了自由主义女性主义，而在社会主义中国，"妇女解放"则依靠制度得以实行，因此，对中国来说，女性主义并非是完全陌生的东西。然而，只是到了新时期，特别是进入90年代后，西方的各种女性主义思潮一起被介绍进中国，由此开始，女性主义才作为新的主导性流行思潮抬头。女性主义如此深刻、广泛地渗入了20世纪90年代的中国文学写作，以至于没有女性主义的参照，就难以如实把握90年代新状态文学的全貌。但本文的目的不在于仔细考察新状态文学的女性主义层面，本文要进行的作业是叩问新时期文学史在90年代广泛传播的女性主义视角之下呈现为何种面貌。为此，本文选择戴锦华发表于1996年的《重写女性：八九十年代的性别写作与文化空间》❶作为进行此项作业的媒介。

在戴锦华看来，从大的方面，八九十年代即新时期中国的"重写女性"可分为两个阶段：第一阶段是女性的排除，第二阶段是女性的浮现。女性的排除阶段位于80年代初、中期，该时期中国文学的主流是反思文学和寻根文学，戴锦华在其中发现了女性的排除，并对其表现形态做了如下描写：

在这一特定的文化空间与书写行为中，女性在双重意义上遭到了放逐。首先是女性在这一父子场景中，被书写为男性欲望、行为或价值客体。女性作为叙境中的禁止与匮乏，显现了男主人公被拒绝、放逐于父子秩序及历史之外的命运与地位。其次，在这一以父子场景为象喻的中国历史寓言中，女性除却接受男性的文化认同，接受一个"人"——"准男人"的"化装"，否则，便丧失了任何以历史、话语主体的身份获得发言的空间和机遇。❷

这里所说的"特定的文化空间与书写行为"是指以下内容：这一文化空间由循环的/线性的、封闭的/开放的、保守的/进步的、暴力的/民主的、愚昧的/文明的、民族的/世界的（西方的）这些二项对立构成，二项对立的前端是中国的传统文化，后端是现代化（或者西方化），中国的男性——精英——知识分子主体否定前者，追求后者，因此，"一如这部'他人'的历史毕竟被书写为血缘家族——自我的历史；外来的凝视尽管指称着西方文明的审视与获

---

❶ 该文曾译载于季刊《东西文学》2002年秋季号的特辑《海外文学：中国篇》（笔者编辑），译者刘敬哲。

❷ 戴锦华：《拼图游戏》，济南：泰山出版社，1999，P.71。以下在括号内注明页数。

救的希望之星，但毕竟意味着与书写者血肉相连的民族文化的灭亡与沉沦。"（72）在这样的空间里出现了什么呢？戴锦华在其中发现的是父子秩序。"在其控诉性、颠覆性的描述中，中国历史成了一个被血淋淋的'杀子情境'所充满的空间，'杀子文化'（吃人筵席）被书写为中国传统文化的基本特征。"（70-71）在这里，'阉割'成为政治迫害的象征，"如果说，'无水的土地'意味中国古老的农业文明的终结，'无偶的男人'指称着男性家族（在此是"中国社群"）血脉不继，是对中国、东方文明灭绝的寓言；那么，故事中的'好汉无好妻，懒汉娶花枝'——有权势而性无能的男人（间或是年长者、父亲）剥夺、占有'健康'男人的女人，便成了对那一历史寓言的内在阐释。"（71）这一历史寓言中的男性叙述者自我分裂为两个主体，一是凝视目光的发出者（附着在来自西方的'个人'幽灵上的叙述者），另一个是对文本中遭屠戮之子、被阉割之子、孱弱的反叛之子的深刻认同。因此，戴锦华将80年代男性精英知识分子的文化叙事称作"子一代的故事"，这个"子"无法轻松解决外来凝视者（外在的主体）与遭屠戮之子（内在的主体）的分裂。"历史文化反思运动的参与者，始终挣扎、辗转在反思／寻根、弑父／寻父、控诉／仰慕的可悲而困窘的二难推论之中。"（72）从逻辑上来看，选择外来的视线（即现代化）就应弑父，但父亲之死就是民族文化的灭亡，这是可悲的；若做出相反的选择，即选择寻根——寻父——仰慕，却又很困难（极其难以实现，极易失败）。戴锦华在莫言的《红高粱家族》中发现了这种两难推论的典型症候。《红高粱家族》以"勇武英雄的祖父和孱弱苍白的父亲"为叙事格局，戴锦华将之阐释为"象征性的弑父行为同时成了对理想之父的追寻。"（73）为什么这样说呢？因为设置懦弱无能的父亲是为了弑父，而设置勇武英雄的祖父则是为了寻求理想的父亲。于是，叛逆的历史景观的完成被拖延了，在广大无边的父权的天空下徘徊的凝视目光，不能不含有控诉/怜悯的复杂情感。但是，在以上分析的"子一代的故事"中，戴锦华真正关注的不是"子"的两难推论，而是女性的被排斥，戴锦华意在主张是女性的被排斥使上述"子一代的故事"成为可能。

  第二个阶段即女性的浮现阶段是在80年代中后期。该时期中国文学的主流是先锋派（其中的小说作品也单独被另称为"新潮小说"）和所谓新写实小说以及虽已开始退潮但仍在产出值得注目的成果的寻根小说。在此，戴锦华注目于女性的浮现，对之做了如下描述：

……那么在其后期的历史写作中，女性却开始悄然浮现在这一历史景观之中。在寻根小说中，那是些"丰乳肥臀"的地母形象；而在新潮小说中，女人已成了阴险、暧昧地攀援、纵横在"他人"历史中的藤蔓；与其说是她们延续了父子相继的纯净血脉，不如说是她们在不断的易主中，混乱、玷污了人伦、等级、血缘的神圣。女人，甚至不再成为叙境中的欲望之鳌与成年之门，而更像是一道阻隔与障碍，将年轻的男主人公／"子"拒斥于历史之外。（75）

虽然在前阶段遭排斥的女性全面浮现，但却不是以肯定性的形态而是以否定性的形态浮现的。女性的这种否定性浮现是为了解决男性——精英——知识分子的两难推论，但他们的"双重悬置与焦虑"并不能轻易解决。这种解决不是在文学而是在电影即张艺谋的《红高粱》中意外地实现了（戴锦华阐释说，在二度成为祭品的女主人公近旁，男人才得以英雄般地屹立），但在文学中这种解决的广泛出现则要等到进入90年代后。戴锦华的要点是，父子关系为性别所取代使这种解决成为可能。具体解释一下的话，在父子关系的构架中，将父亲的历史处理为他者的历史会受到前述两难推论的束缚，但女性"作为内在于男权社会之中的永恒的'他者'……取代'父亲的历史'成就了一部名副其实的'他人的历史'"，（78）在这个"他者"牺牲的基础上，男性的焦虑的解决才成为可能。要言之，女性成为"他者"，男性才得以成为主体。戴锦华认为，这种情况随着社会主义市场经济的急剧发展进一步被深化，而新抬头的种族问题则加速了这一深化。在与西方人的关系中，不论面对的西方人是男性还是女性，中国的男性都处于女性的位置上，对种族——性别——权力规则的认可与屈服成为不可避免。戴锦华将此称为"性别换位游戏"。中国男性为了将自己重新确立为男性主体，便力图使中国女性屈服于性——政治——权力的规则。于是，女性便以"歇斯底里、欲壑难填"的形象出现，成为现实苦难与焦虑的缘起和男性悲剧命运的元凶。通过这种女性形象，男性们的历史课题由颠覆既存社会秩序转为对性别秩序的匡正，曾集中于思考政治历史命运的写作将方向转为对男性个体受难道路的呈现。要言之，男性得到赦免，而女性则被放逐。

以上所析"重写女性"的两个阶段都是以男性作家的写作为对象来进行把握的。那么同时期女性作家的写作或者说女性的写作是什么情况呢？不用说，在上述"男权文化的反攻倒算"中，女性写作仍在继续着。问题是这种写作的具体面貌是怎样的？对80年代中后期的女性写作状况，戴锦华做了如下描述：

> 80年代中后期，女性写作的一个重要趋势是，在对历史和现实中的女性境况的书写中，发掘着女性的生存的悲喜剧，勾勒着男权社会及历史如何构造着一个个怪物式的女性自我；而身为主人的男人，又如何成了他们所创造的性别秩序的丑角与玩偶。此间的女性写作常在不期然处成为对男权社会与性别秩序的反讽与颠覆，她们对历史中女性的写作，也断续地成就了女性历史的片段。（83）

在论述第二阶段男性作家的写作时，戴锦华指出，80年代末几位女性作家就已窥破了"性别换位游戏"，她在此处提到的张洁和王安忆似乎可以作为上面引用文中所说的讽刺与颠覆的极好例子（原文在为上引段落附加的注释中列举的有王安忆的《流水十三章》，铁凝的《玫瑰门》，池莉的《凝眸》）。张洁的长篇小说《只有一个太阳》涉及了中国男性知识分子面对西方世界时的深刻焦虑与恐惧。戴锦华对该作品关注的是，"其中东方'巫女'成功地利用自己的性别与种族角色的'优势'得以西嫁的段落；和张洁唯一心爱的男主人公终于在西方阳光绚烂的裸泳海滩上蹈海而去的结局，都不无辛辣与苦涩地揭示出性别／权力的角色及规则可以成功地复制在种族／权力的模式之中。"（79）对王安忆的《叔叔的故事》，戴锦华关注的则是"一个东方男人如何试图对一个西方女人行使他的性别权力，却严重受挫，不得不受制于西方女人的种族及语言的权杖之下"。（79）这两部作品显然称得上是"对男权社会与性别秩序的反讽与颠覆"，但它们还不是"重写女性"的直接作品，而且距离对女性文化空间的追求也相当遥远。

戴锦华认为，进入90年代后女性写作才始出现对女性文化空间的追求，她把这看作是中国女性写作的新面貌。戴锦华从以下几个方面揭示了这一新面貌的要点（83-84）：

1）"首先是女性写作率先脱离了男性精英知识分子的'伟大叙事'与'民族寓言'的笔法，开始在一份平实或间离中书写女性的日常生活"（列举的作品有迟子建的《向着白夜旅行》）。

2）"其次是女性写作开始以某种自觉的方式接续40年代乃至'闺阁文学'的女性文化传统"（列举的作品有王安忆的《长恨歌》，女作家须兰和孟晖）。

3）"一批出生于60年代的青年女作家开始以自传、准自传的形式，大胆书写'我的身体、我的自我'——记述自己的性别经历、性经历，书写她们对姐妹情谊／同性恋的恐惧与渴望"（列举的作品有陈染的《与往事干杯》、《无处告别》，林白的《一个人的战争》、《回廊之椅》、《瓶中之水》，徐小斌的《双鱼星座》）。

（特别是这第三方面，旨在惊世骇俗地进入中国文化视野，却被男性商业文化加以商品化，并被移置于男性的观淫欲望的视野中。在对这种"新的文化盘剥"进行有力反抗的脉络上，戴锦华追加了下面的两部分内容。）

4）"更为明确而有力的女性的声音……再一次超越、颠覆性别秩序而在新的文化层面上被提出"（列举的是徐坤的《从此越来越明亮》）。

5）"姐妹情谊不再仅仅是在狭义的同性恋意义上，或仅仅作为一个女性规避的乌托邦，而且成了一个明确的对女性文化空间的勾勒与女性社会理想的表达"（列举的有陈染的散文《超性别意识与我的创作》及小说《破开》）。

最后，戴锦华以下面的陈述结束了文章：

在喧嚣的市声、男权文化甚嚣尘上的表达之中，90年代成熟的女性反抗姿态毕竟是极为微弱而边缘的一支；并且迅速地遭到了男权文化的全方位阻击。但它却明确地呈现出从历时已久的那一男性、女性、官方、商业的共同空间中裂解而出，尝试确立女性文化与现实空间的努力。同时，它也必将经历一个漫长的突围、辗转的文化与现实历程。（84）

戴锦华的这篇文章写于1996年，此后至现在的女性写作已经有了很多进展和变化，男性作家的"重写女性"也是如此。但我们关注并要分析的是90年代的新状态文学如何要求新的阐释观点，而从新的阐释观点来看，新时期的文学史又呈现出何种面貌，因此，对1996年以后情况的考察留待以后进行。

戴锦华的这篇文章并非是文学史的记述，要成为文学史记述的话在量上还需要大幅增加。但作为文学史记述的序说的话，所需要的已充分具备，对从新阐释的观点来考察新时期文学史不但并无不足，反而是极为合适的资料。可以说，戴锦华的叙述把握了从80年代初中期女性的被排斥到80年代中后期以后女性的浮现、再到90年代女性的发言这一时段新时期文学的流变。但这种把握的起点在时间上不是在前面而是在后面,即 90 年代新状态文学中出现的女性发言现象是这种把握的起点。这种现象要求新的阐释观点,这种新的阐释观点能够使我们对 80 年代初期以来的文学史流变有新的观照。在女性的发言这一新状态面前,戴锦华采取的新阐释观点是女性主义。前面分析过,女性主义种类多样,戴锦华以后殖民主义的女性主义作为自己的主要立场。之所以说主要立场,是因为其他类型的女性主义也不时被戴锦华吸纳入自己的视角,特别是文化女性主义和性别研究以及前面未曾提及的"女同志女性主义"(Lesbian Feminism,笔者个人认为它是文化女性主义的一个支流,但做出此断言尚需更多考察)等是戴锦华的重要理论资产。特异的是,戴锦华几乎没有表现出(至少在这篇文章中)对激进女性主义或马克思主义女性主义的关心,更不要说对自由主义女性主义了。这样,在戴锦华的视角里成为中心的后殖民主义女性主义就以文化女性主义和后殖民主义的结合为其内容(这一点与斯皮瓦克的情况不同,因为后者又追加了马克思主义女性主义),但这种结合并非简单的机械结合,怎么说呢,比如说是否可以称之为辩证的结合?虽然不能确定是否可以这样称呼,但却可以简略地指出其特征。戴锦华的后殖民主义女性主义对文化女性主义的白人中心主义倾向持第三世界本土女性的立场,而对后殖民主义,则反对其试图在文化上将第三世界的女性与男性同一化的男性中心主义倾向,主张女性的性别正体性。就这篇文章而言,上面的两个契机中后一个特别突出,前一个契机实际上几乎没有出现。像下面这样的内容——

进入 90 年代,'第三世界本土知识分子文化困境'的凸现,则以另一种名目遮没着女性的文化表述,要求着'中国女性'与'中国男性'的文化认同。中国知识分子对'后殖民文化'的讨论,同时成了男性精英知识分子抨击女性主义、置疑国际间姐妹情谊(sisterhood)存在的可能性的有力依据。(82)

——对后殖民主义的男性中心主义倾向的反对一目了然,而比较而言,对文化女性主义的白人中心主义倾向却没有表现出什么特别的警戒心,相反,对"国际间姐妹情谊"却隐在地做了乐观的暗示。

以戴锦华的具有上述特征的新阐释观点来把握的新时期文学史流变离开该观点就无从把握或者把握起来很困难,这一点是明确的,这与我们是否同意戴锦华的把握内容是两回事。

3. 对新状态与新阐释的新提问

虽然可以认定新阐释的意义，但对它存在的问题仍有考察的必要。新状态文学表现出的思潮与方法上的无政府状态中有需要认可的肯定性层面，但与新状态结合在一起的新阐释暗暗里支配着新状态，有遮蔽文学的个别性之忧，这一点则需要考察。

笔者并非想联系戴锦华的文章提问女性主义观点是否具有正当性或者以此观点将新时期文学史把握为"从女性的被排斥到女性的发言"是否恰当；也许可以在女性主义理论的脉络里对女性主义观点的正当性问题进行某种程度的对话或争论，也可以从认可多元主义的立场上对文学史把握的恰当性问题提出不少异议，但我的关心不在此类讨论上，而主要与文学的个别性有关。

有必要仔细分析一下戴锦华最为重视的资料之一，即莫言的系列小说《红高粱家族》（其中的第一部作品即中篇小说《红高粱》发表于1986年，系列小说集《红高粱家族》出版于1995年）。戴锦华看到了该小说中的父子秩序叙事并将之视为子时代的二难推论。这部分论述是在该文章谈论女性的排斥的第一节，在该节结尾，作者做出了以下结论："80年代，一个被'伟大叙事（grand narrative）'、被繁复曲折的民族国家认同所组织起的话语空间，通过对女性位置和女性话语主体的放逐开始中国'新时期'重写女性的文化历程。"（74）这虽不是对《红高粱家族》所做的直接说明，但认为它不仅适用于其他作品、同时也适用于《红高粱家族》的话是很自然的。那么可以说，戴锦华不仅将《红高粱家族》看作"女性的排斥"的例子，还将它看作是与民族国家的统一化事业相关联的东西。但在下面"女性的浮现"一节，戴锦华写到，在1987年由中篇小说《红高粱》改编（也包含了《高粱酒》的一部分插曲）、张艺谋执导的电影《红高粱》中，"似乎是一次偶然，女人正面登场、或曰'复现'"了，并进一步指出，该影片意外地率先消解了男性——精英——知识分子的"双重位置与焦虑"。这样，忽略小说《红高粱家族》与电影《红高粱》的细致差异与区别，将二者合起来看的话，该作品既符合"女性的排斥"阶段，也符合"女性的浮现"阶段，甚至也可以作为通过在性别秩序中被他者化了的女性的展现来消解男性的焦虑的例子。为什么会这样呢？

实际上，莫言的系列小说《红高粱家族》是拒绝单一阐释的复杂文本。即使它可以解读为关于民族国家建设的寓言，它也可以正相反地解读为后－民族国家（或国民国家）的征候，甚至后一种解读反而更具有可能性。正如李旭渊一针见血指出的那样，日本帝国主义不必说，国民党和共产党对高密来说也都是外部势力，是被拒斥或要保持一定距离的对象。此外，"勇武英雄的祖父和孱弱苍白的父亲"的叙事格局用在电影《红高粱》上是恰当的，但用在小说《红高粱家族》上却不一定那么合适。电影是以在过分暴露的逆光画面中爷爷和父亲（这是依照叙述者的称呼，实际上是父亲和儿子）并肩站在女主人公的尸体前结束的，而在小说中却讲述了爷爷由英雄衰弱为一个面部筋肉麻痹、话都说不成句的老人的后日谈。有必要更细致地观察一下电影与小说的差异。在电影中，扮演奶奶戴凤莲角色的年轻巩俐确实被暴露在了男性欲望的视线中。乍看起来，在影片中比在小说里得到更多强调的戴凤莲似乎是主人公，而爷爷余占鳌是配角，但若尊重戴锦华由于以女性为献祭、男性才得以踏着祭品成为屹立的英雄的阐释，那就应该与表面看到的相反，余占鳌是真正的主人公。但小说的情况却极为不同。最重要的差别是，电影是依照时间顺序展开叙述的，而小说却不是这样。对电影来说，戴锦华的以下说明：

一度献祭于男性欲望与成人式的祭坛之上，二度献祭于民族神话的场景之中。在仆倒的女人近旁，男人才得以英雄般地屹立。（75—76）

是适合的，但在小说中，这前后两次献祭是交织在一起同时被展现出来的，而且不是通过作为男性视线的对象，而是通过戴凤莲自身的意识流程，换言之，是通过女性的发言被展现出来的：望着充满视野的天空和红高粱，中弹倒下的戴凤莲回想起了昔日与余占鳌的初次结合。这个场面是小说的核心。在走向死亡的戴凤莲身边只有儿子而没有余占鳌，而最后咽气时则只有她一个人。

最后一丝与人世间的联系即将挣断，所有的忧虑、痛苦、紧张、沮丧都落在了高粱地里，都冰雹般打在高粱梢头，在黑土上扎根开花，结出酸涩的果实，让下一代又一代承受。奶奶完成了自己的解放，她跟着鸽子飞着，她缩得只如一只拳头那么大的思维空间里，盛着满溢的快乐、宁静、温暖、舒适、和谐。奶奶心满意足，她虔诚地说："天哪！我的天……"

如果可以将该场面中的戴凤莲看作被神话化了的大地母亲的化身的话，那么这不正与文化女性主义的母性话语相符合吗？因此，与电影相比，戴凤莲在小说里才是主人公，小说中的戴凤莲不是对象，而是主体。此外，这里还有比较复杂的"内幕"需要分析一下。仔细想一下的话,上面引用的部分是戴凤莲死时的场面,没有人能知道她当时是那样想、那样嘀咕的(戴凤莲与余占鳌初次结合时的感受和想法或许会由她自己告诉余占鳌,余占鳌又告诉儿子,儿子又告诉了作为叙述者的孙子,但出现这种情况的概率也很小)。从小说的逻辑或美学原理来看,那些感受和想法应当是没有告诉任何人的属于戴凤莲自己的秘密,是她独自走向死亡时的所思所言。因此,这个场面是由作为叙述者的孙子进行想象性再构成的产物。较之做轻率的说明,探究这一想象性再构成的意义更为紧要。

现在我们可以说,戴锦华的文学史阅读是建立在对文本的有意误读基础上或至少是包含着一部分有意误读的,未必不可能是首先在女性主义观点上构成论述框架,然后再寻找与之相符合的文本或将文本向与之相符合的方向阐释,或者是首先对电影《红高粱》做了解读,然后将之套用在了小说《红高粱》上。笔者不赞成的,正是用电影《红高粱》代替小说《红高粱》的暴力做法。

重要的是对文本、对文学个别性的细致入微的尊重。我虽然充分肯定新阐释的意义,但坚决反对新阐释对文学个别性的损伤。这既是为了文学,同时也是为了新阐释。如果新阐释不能使自己变得细致化,就不能具有真正的意义。

最后想提出的是文学的价值问题。简单地将这个问题作为文学主义或者文本主义而加以断然拒绝并不那么容易。对思潮、方法与形式也有必要以新的方式予以关注。思潮、方法与形式的无政府状态之所以可以是积极的,在于它摆脱了以将思潮与方法视为绝对的实体性东西为前提的公式化了的老套思维。但在超越之后,又无法不重新回到思潮、方法与形式。思潮、方法、形式对内容或理念来说并不是外在的东西,它们自身就可以是内容,是理念,甚至可以说它们才是真正的内容,真正的理念。如果不正视它们,就无法接近文学价值的问题,甚至在探究文学价值之前,连充实的文本阅读也不可能。

在此场合我们有必要暂时分析一下女性主义批评中出现过的美学论争。1985年,陶丽·莫依(Toril Moi)在其著述《性与文本的政治学》中认为,区分美国女性主义的接近方式与法国女性主义的接近方式就是对关于现实主义写作和先锋文本哪个更优越这一20世纪初期文学政治论争的再讨论[1]。莫依

---

[1] 帕姆·莫里斯:《回到历史中的女性》,Kang Hee-Won 译:《文学与女性主义》,首尔,文艺出版社,1997,P.270。

呼应 20 世纪 80 年代初期将法国理论的严密性引入女性主义文学讨论的要求，即支持法国女性主义的接近方式及先锋派形式。对此，帕姆·莫里斯（Pam Morris）提出以下反论："但是今天的读者指出，由于莫依将现实主义批判为把现存社会秩序当作理所当然的东西加以接受的保守形式，这就造成了她无视现实主义在政治上可以发挥进步功能的另一侧面的倾向。"❶ 在这一反论后面的修辞发挥了极大说服力：

形成都市贫民阶层、忍受着贫穷和暴力的美国黑人女性，这些甚至连名字都是派生自白人奴隶主的黑人女性们，对赞扬复合的、流动身份（换言之，将身份视为假面游戏或伪装）的零余的美学会发出什么样的提问呢？❷

但这段颇具说服力的修辞的底情却不过是以往现实主义/现代主义论争的简单复制。将先锋文本把握为"零余美学"是否恰当？将现实主义写作归入人文主义传统，认为它是追求正体性的，这又是否恰当？不仅需要对以上问题进行考察，先于以上问题存在的"现实主义/现代主义"这一二项对立的设定本身就有问题。较之"现实主义/现代主义"的把握，"现实主义/先锋派"的把握更具有实质性，因为所谓"现代主义"，实际上是很模糊的用语。由于这种模糊性，今天后现代主义攻击现代主义时，"文学的现代主义"也一并遭到了攻击。但实际上，这种攻击并不是针对"文学的现代主义"的全体。大致上，英美现代主义系列成为攻击对象，而先锋派系列则被排除在攻击对象之外，被重新规定为后现代主义的一部分。对此问题我持以下见解：1）现代主义和后现代主义主要是有关思想范式的问题；2）现实主义和先锋派主要是关于美学的形式的问题；3）因此，所谓"文学的现代主义"的把握是无意义的，甚至是有害的。总之，重要的是，所谓现实主义与先锋派形式并不具有绝对的、固定不变的内容，而且，在现实主义内部及先锋派内部也混杂着各种异质倾向，甚至现实主义与先锋派之间也并不存在不可逾越的深渊，而是相反，有着复杂的相互渗透。女性主义批评积极地向美学的讨论方向迈进是必要的，但这种讨

---

❶ 帕姆·莫里斯：《回到历史中的女性》，Kang Hee-Won 译：《文学与女性主义》，首尔，文艺出版社，1997，P.271。

❷ 帕姆·莫里斯：《回到历史中的女性》，Kang Hee-Won 译：《文学与女性主义》，首尔，文艺出版社，1997，P.271。

论不能像以前那样陷入二项对立公式的圈套,而应成为开放的讨论。

以女性主义批评和 90 年代新状态文学为出发点的戴锦华的论述并没有明确表明自己对上述美学问题的立场,但可以说,它大体上对先锋派文本反应更为敏感。戴锦华所举的 90 年代女性写作的例子大体上属于先锋派流脉,但她并没有走向对形式的积极考察。也许是文章的长度限制使然,但由于缺乏这种考察,在事前未具备充分的文本解读的状态下,就发生了使作品从属于新阐释论述的情况。对此,让我们通过林白的《一个人的战争》来分析一下。

戴锦华对包括《一个人的战争》在内的一系列作品做了如下说明:"而其中最引人注目的,是一批出生于 60 年代的青年女作家开始以自传、准自传的形式,大胆书写'我的身体、我的自我'——记述自己的性别经历、性经历,书写她们对姐妹情谊/同性恋的恐惧与渴望。"(83)《一个人的战争》是生于 1958 年的女作家林白的自传性长篇小说,小说的空间以对幼儿园时节(大约五六岁)开始的"对自己的凝视和抚摸"的描写敞开,以对 90 年代初期年已 30 的主人公多米的自慰行为的描写关闭,在敞开与关闭之间所叙述的内容中,性别经历与性经历占了很大比重。多米从小就只关注女性,对男性不感兴趣,但她并没有或者没能("恐惧与渴望"或者"渴望与恐惧")发展成同性恋者。她在大学时代险些被一个青年人强奸,大学毕业后,被一个旅行途中遇到的船员拿走了贞操(在本文的脉络中这样说也许不太合适)。在电影厂工作时,虽然与一个年轻导演恋爱,但得到的只是人工流产的经历,恋爱失败。后来,她嫁给了一个老人,在北京定居下来。因此,对多米来说,与男性的性关系总意味着某种痛苦或匮乏,而与女性的同性爱,则又因渴望与恐惧的对抗作用,仅成为无法实现的事情。对这样的她来说,能带来喜悦的,就只有自慰了。所以,小说对多米的初次性爱体验是这样描写的:"她体内的液汁潮水般地退去,她的身体就像干涩粗糙的沙滩,两个人的身体干涩地摩擦着,使她难以忍受。"❶ 而在小说结尾处对多米自慰行为的描写则与上述异性爱形成尖锐对照(干涩粗糙的沙滩与丰盛的水):"她觉得自己在水里游动,她的手在波浪形的身体上起伏,她体内深处的泉水源源不断地奔流,透明的液体渗透了她,……她觉得自己变成了水,她的手变成了鱼。"(225) 作品开头对幼年时节的回想

---

❶ 林白:"一个人的战争",《林白文集 2》,江苏文艺出版社,1997,P.160。以下在括号内注明引文页数。

中也出现了"放心地把自己变成水，把手变成鱼"（4-5）这样的描写，从而形成首尾呼应。由此看来，该作品可以说是从自恋开始、经过异性爱与同性爱的尝试、然后重新回归自恋的故事。所以，小说标题"一个人的战争"的含义就是自恋。在小说尾声中作为题词而被陈述的句子"一个人的战争意味着一个女人自己嫁给自己"(225) 提示的正是自恋，这种自恋"既充满自恋的爱意，又怀有隐隐的自虐之心"，"像一匹双头的怪兽。"这样看来，可以说《一个人的战争》与戴锦华所做的说明大致是符合的。这里，我们还可以做一点补充说明，如，主人公多米的自恋选择意味着对中国男性中心社会秩序的摆脱，而讲述这种选择的女性声音则是对男性中心社会的抗议、对女性文化的探索。此外，着眼于多米的幼年体验——其特征可概括为家庭阙如、母爱阙如："活着的孩子在漫长的夜晚独自一人睡觉，肉体悬浮在黑暗中，没有亲人抚摸的皮肤是孤独而饥饿的皮肤，它们空虚地搁浅在床上，无所事事。"(225)——的话，从这方面对其自恋选择进行说明也是可能的。同时，我们可以提出这样的问题：在没有想象界的满足体验时，象征界的匮乏——渴望是怎么来的呢？但是，戴锦华的说明加上笔者补充的说明、再加上这里可以补充的更多说明，这些加在一起也不能使该作品的美学特征显露出来。

上面所分析的内容也可以用传统的现实主义形式来叙述，但林白没有这样做，即使这样做了，写出来的作品也会完全不同，这一点非常重要。这部作品的叙事秘密在叙述者——"我"与被叙述者——多米的关系上。叙述者——"我"是站在写作视点上的多米。作品开始是叙述者"我"回想过去。多米这一第三人称叙事是在下面的场合中首次出现的："因此处于漫长黑暗而孤独中的多米常常幻想被强奸"（21）。这里的第三人称叙事和此前的第一人称叙事之间没有安排任何用于自然转换的装置，叙述的转换是在可以继续使用第一人称叙事的地方突然出现的。这一突然出现的第三人称叙事在讲述大学时代险遭强奸事件的始末之后重又回到了第一人称叙事。这种方式的叙述转换无一定规则地以各种面貌在整部作品中反复出现，而最后，在作品结尾处，"我"和多米决定性的同时登场了：

我常常在地铁站看见她，她穿着一件宽大的黑色风衣，像幽灵一样徘徊在地铁入口处，她轻盈地悬浮在人群中，无论她是逆着人群还是擦肩而过，他人的行动总是妨碍不了她。她的身上散发着寂静的气息，她的长发飘扬，翻卷着另一个世界的图案，就像她是一个已经逝去的灵魂。(224)

上面引用的是该场面的全部。因为"我"＝多米，所以可以说这是自我的分裂（描写自我分裂的场面在小说开头部分的 15-17 页也出现过一次，只是这里的"她"不是多米）。哥伦比亚大学东亚系的王德威教授对这种分裂做了如下说明："我与多米代表了林白的不同身份——过去与现在，虚构与现实，内里与外在，血肉与鬼魅，恋爱与被恋爱的身份。"❶ 笔者基本上同意这个说明，但觉得还有必要追加一点端绪。必须注意上面的几组二项对立中并非其中的一项总对应"我"而另一项总对应"多米"。叙述者——"我"在作为叙述者的同时也是被叙述者，被叙述者、"多米"出现的样态不是单一的，而是多样的。"多米"有时是真实的，有时是虚构的，叙述者"我"也是如此。在笔者看来，王德威用"流动的视角，多元的声音"概括的该小说的叙述特征，不仅是"我"和多米之间的问题，也是"我"的问题，同时还是多米的问题。"我"也是流动的、多元的，"多米"也是流动的、多元的。实际上，记忆与想象区分模糊是该作品在叙述上最为重要的侧面。在这种模糊性中，过去与现在、虚构与真实、肉体与灵魂等的区分也都变得模糊起来。不，是边界被破坏，两者混合，不停地互换位置，或不停地滑行。这一定得叫作"零余的美学"吗？笔者不这样认为。这种模糊性的美学在破坏坚固的秩序（无论是男性中心秩序还是现代秩序）方面发挥了卓越的能力。在这种模糊性中展开的从自恋出发、结局又回到自恋的故事就是长篇小说《一个人的战争》。这种叙述特征也可以看作女性的写作特征。小说中写道："我知道，在这部小说中，我往失学的岔路上走得太远了，据说这是典型的女性写法，视点散漫、随遇而安。"(141) 由此看来，林白意识到了自己的这一特点。但这一定就得是女性的写作特征吗？也许这不是"女性的／男性的"的问题，而是在写作的一般层次上也具有意义的某种实验性，只是这种实验性相对而言与女性写作有着更多的亲缘性罢了。此外，由于女性写作也存在着多种可能性，所以《一个人的战争》所呈现出的样态并不能代表女性写作的总体。也许索性只谈论《一个人的战争》的个别性反而更有

---

❶ 王德威：《再见，〈青春之歌〉，再见》，参照 Park Nan-Young 译《一个人的战争》韩文译本所附该文译文，首尔，文学村出版社，1998，P.297。

用。聚焦于个别性来看的话，可以批判地认为该作品中的模糊性美学是与对自恋选择的合理化结合在一起的。另外，也可以指出小说中频繁出现的过度夸张和做作、感伤等弱点。但所有的弱点一方面作为弱点存在，另一方面又作为破坏坚固的现实秩序的有效祭品而发挥着作用。此刻我们注目的正是后一侧面。总之，笔者要说的是，需要对女性声音的具体内容与形式上的样态之间的关系进行细致考察，要求对之进行美学讨论及对其文学性价值进行讨论的原因也正在于此。

在本文中，笔者对新阐释提出了两点愿望：一是对文学个别性的细致尊重，二是对文学价值问题的积极考察。考虑到新阐释在时间上抬头未久，我对新阐释的这些看法并不是单方面的批判，也可看作是为其以后成熟的加油助威。

与莫言获诺贝尔文学奖相关的几个问题 ❶

　　笔者向韩民族新闻社发去对莫言文学世界的简介是在 2012 年度诺贝尔文学奖获奖者名单公布 27 分钟后。之所以能如此迅速地发出稿件，是受益于崔在凤记者的先见之明，事先准备好了内容。幸运的是笔者的文字似乎与稍后看到的瑞典文学院发表的内容出入不大。由于发现不同新闻社所使用的措辞略有差异，因此感到在措辞差异的背后存在着某种内容上的可疑之处，于是便直接访问了诺贝尔奖官网，查看了一下英文原文的相关内容，找到了发生这种情况的原因。但是这次查看却使笔者觉得瑞典文学院发表的英文原文本身也有令人困惑之处，为什么会有这种感觉呢？是笔者此前的相关知识和认识有什么差错吗？

　　还未及细究这些疑问，各种传闻突然间开始沸腾起来，莫言获诺贝尔文学奖一事一时成了热点话题，各种说法爆炸似地喷涌而出。不知从何时起，诺贝尔文学奖已渐渐远离了人们的关注视野，为什么此次又突然一反这种趋势，再次成为一个热门话题了呢？这是因为获奖者莫言是一个"中国人"，一个既非华裔法国人，也非台湾地区的人或海外华人，就民族而言属于汉族，就国籍而言是中华人民共和国公民的"真正的中国人"。——扩展开来说，诺贝尔文学奖之所以再次引起人们的热议，是因为获奖者莫言所属的国家是正在与美国的角逐中主导着世界经济、拥有 13（或 14）亿人口、其内部仍存在着诸多矛盾的大国——中国。在此需要注意这样一个事实，那就是有关莫言的各种谈论大部分都将作家及其作品锁定在了政治性的脉络里，而对作家及其文学的理解也就随之中断、停止在那里了。

　　本文的意图就是要对上述疑问和问题进行分析。就在笔者正在撰写本文的

---

❶ 本文韩文版发表于韩国季刊《文学与社会》（文学与知性社）2013 年春季号，中文版发表于《文艺争鸣》2013 年，第四期。

12月10日，诺贝尔奖颁奖典礼开幕了，该典礼为笔者提出的问题提供了一些新的信息，使部分疑问得到了解答，但也有一些疑问反而被强化了。由于不得不在充实性与时宜性之间进行妥协，本文尚存在一些有待克服的局限，为此诚请各位读者的谅解。

1. 翻译的问题

韩国时间10月11日0点7分送稿的联合新闻社消息对莫言获奖一事简略做了如下报道：

中国小说家莫言获得了今年的诺贝尔文学奖。瑞典文学院以"将幻想现实主义与民间口头文学、历史及当代相融合"对其获选理由进行了说明。

韩国国内各类媒体的报道与上述《联合新闻》的内容大致相同，只是在用词上彼此略有差异（幻想现实主义，幻想写实主义，幻觉现实主义等；民间口头文学，土俗故事，民间故事等；当代，现代性，近代史等）。笔者最初注意到的只是这些报道在词汇使用上的不同，后来便对其整体文意产生了疑问，而这只有在看过以英语发表的颁奖词原文后才能找到答案。诺贝尔奖官网上刊载的授奖理由原文如下：

The Nobel Prize in Literature 2012 was awarded to Mo Yan "who with hallucinatory realism merges folk tales, history and the contemporary".❶

问题就出在如何把握"with A merge B,C, and D"这段表述上。是应该理解为"A与B、C、D相融合"呢？还是应理解为"通过A使B、C、D相融合"呢？看到原文，笔者脑中自然浮现出如下翻译，觉得只有这样理解才不会使文意令人感到奇怪。即2012年的诺贝尔文学奖授予"通过 hallucinatory realism 使民

---

❶ 参见 http://www.nobelprize.org/nobel_prizes/literature/laureates/2012/press.html. 该段文字出现在 "Summary" 一栏中，与 "Press Release" 栏中的相应内容略有差异，后者的表述如下： "The Nobel Prize in Literature for 2012 is awarded to the Chinese writer Mo Yan 'who with hallucinatory realism merges folk tales, history and the contemporary'"。

间故事、历史及当代相融合"的莫言。❶

对"folk tales"、"history"以及"the contemporary"等单词的翻译即使稍有出入也不会产生多大问题,但"hallucinatory realism"应如何翻译却似乎需要认真加以揣摩(本文的下一节将详细分析这一问题),而整个句子应如何正确把握则是更为重要的问题。在笔者看来,即使"将 hallucinatory realism 与民间故事、历史及当代相融合"这一翻译在语法上可以成立,其文意也是十分费解的。从含义上看,对英文原文理应做如下理解,即作为题材的民间故事、历史和当代是相融合的,而实现这一融合所使用的方法是"hallucinatory realism"。题材怎么能与方法相融合呢?那不是太奇怪了吗?

因放心不下,所以又查找了一下中国方面的相关翻译,结果发现大部分中国媒体统一使用了"将魔幻现实主义与民间故事、历史与当代社会融合在一起"这一翻译❷。虽然在语词的使用上多少有差异,但在文句的把握上,中国与韩国的大多数翻译是相同的。情况既然如此,笔者就不能不认为瑞典文学院所写的可能本来就是这种意思,自己大概翻译错了,但又不由产生了新的疑问:如果是这样的话,那么瑞典文学院对文学的理解本身岂不是有些奇怪吗?

但当笔者为确认 12 月 10 日的授奖仪式消息而访问诺贝尔奖官网时,却发现在"Press Release"栏的英文旁边追加了此前未曾见到的如下中文翻译:

2012 年度的诺贝尔文学奖授予中文作家莫言,"他用虚幻现实主义将传说、历史和当代结合起来"。❸

虽然上述引文中的"中文作家"这一表述和"传说"、"结合"等用词以及"虚幻现实主义"这一陌生术语都很引人注目,但最重要的还是整个文句的结构方式。眼前的中文语句表明,瑞典文学院以英文表述的正是笔者所理解的

---

❶笔者后来发现,韩国媒体中并非没有与笔者相似的翻译。在《中央日报》刊载的三篇相关报道中,有一篇在对原文文句的把握及对"hallucinatory"单词的翻译上与笔者相同,其相关表述如下:"瑞典文学院宣布,'莫言以将中国传说、历史及现代史相混合的作品为我们呈现了幻觉现实主义,因此被选定为文学奖的获奖作家'"(10 月 12 日 09 点 43 分送稿,同日 10 点 41 分修正)。

❷"魔幻现实主义"是中国对"magic realism"的翻译(它将韩国对该术语的两种通行译语——"魔术现实主义"和"幻想现实主义"的第一个字合在一起,是个很不错的译语),以此来翻译"hallucinatory realism"是否合适,对此将在本文的下一节进行探讨。

❸http://www.nobelprize.org/nobel_prizes/literature/laureates/2012/press_ch_simpl.pdf.

那种含意，因此，前面笔者对瑞典文学院产生的怀疑是不成立的，而官网中文翻译的出现预计也将对各种媒体此后的报道起到权威的规约作用。❶

从用词上看，上段中文译文首先值得注意的是它没有将英文的"Chinese writer"翻译成"中国作家"，而是将之翻译为"中文作家"，对此，笔者是甚为赞同的❷。其次还有必要指出，从重视"传说"与"民间故事"之差异的立场上看，很难赞同它将"folk tales"译为"传说"❸，而"融合"与"结合"二词事实上也是有差别的❹。至于将"hallucinatory realism"译为"虚幻现实主义"的做法也显得不太妥当，对此将在下一节中进行探讨。

2."hallucinatory realism"的问题

在诺贝尔奖官网上看到"hallucinatory realism"这一用语时笔者感到十分困惑。首先，这个用语是初次看到，如果直译的话应是"幻觉现实主义"，而"幻觉（hallucination）"与毒品或精神疾病有关，与"幻想（fantasy）则迥然有别。

瑞典文学院对作家进行传记性介绍的栏目里是这样写的：

Through a mixture of fantasy and reality, historical and social perspectives, Mo Yan has created a world reminiscent in its complexity of those in the writings of William Faulkner and Gabriel García Márquez, at the same time finding a departure point in old Chinese literature and in oral tradition.❺

---

❶ 中国门户网站百度的百科辞典最初使用的相关表述是"将魔幻现实主义与民间故事、历史与当代社会融合在一起"，2012年12月21日再访问该页时，除"魔幻现实主义"被改为"虚幻现实主义"外，其它相关内容均未做变更。但12月31再查看该词条时，在较上述文字稍微靠前的位置，出现了"用虚幻现实主义将民间故事，历史和现代融为一体"这一新的翻译，不仅将"当代社会"换成了"现代"，而且改变了句子的表述方式。

❷ 笔者之所以赞同这种翻译方式，是因为在笔者看来，语言是区分文学的最明确的单位。

❸ 民间口头文学包括民间传说和民间故事，如果传说和故事是两种不同体裁的话，"folk tales"在狭义上可理解为民间故事，在广义上可理解为民间口头文学，但却不宜理解为民间传说。因此，将"folk tales"翻译为"民间故事"或"民间口头文学"是可以的，而翻译为"民间传说"则不妥。

❹ 结合是不同个体在维持其自身性质的同时达成的机械性乃至外部性的合一，而融合则如同合金，是个体融化后形成的新的物质。笔者认为此处应使用"融合"。

❺ http://www.nobelprize.org/nobel_prizes/literature/laureates/2012/bio-bibl.html

对上面这段引文，不少媒体也出现了明显的误译，另有一些媒体采取了虽说不上误译但彼此相差甚远的意译方式，还有的媒体甚至干脆断章取义地进行介绍，由此引发了很多误会。笔者最初在理解上也出现了些微偏差，看到瑞典文学院后来追加的下述中文翻译后才认识到了问题的所在。

莫言将想象和现实结合，将历史和社会的视角结合，创造出一个世界，其复杂性可以让人联想到威廉·福克纳和加伯利埃尔·加西亚·马尔克斯等作家笔下的世界，同时他又是从古老的中国文学和民间说唱文化中寻找到自己的出发点。❶

上述英文和中文引文中的着重号均为笔者所加，表示笔者不认同相应部分的中文翻译。笔者认为，不能忽视"想象"与"幻想"、"结合"与"混合"以及"等"之有无之间的差异，也不能无视"民间说唱文化"只是"民间口头文化传统"之一部分这一事实。但除了这些问题，我认为该译文还是比较准确的，尤其值得注意的是它只是将"world"和"those"简洁地翻译为"世界"，而没有贸然将之翻译为"文学世界"或"作品世界"。笔者参考上述中文翻译，将相应的英文表述翻译如下❷：

在从中国古代文学和民间口头文化传统中寻找出发点的同时，莫言将幻想与现实，历史视角与社会视角相混合，从而创造出一个世界——其复杂性使人联想到威廉·福克纳和加伯利埃尔·加西亚·马尔克斯笔下的世界。

瑞典文学院所说的福克纳、马尔克斯和莫言笔下的"世界"不应被理解为一般意义上的"文学世界"或"作品世界"（虽然乍一看时很容易这样想，而笔者最初也曾这样理解过），而应被理解为其各自作品中的假想世界——对福克纳来说是"约克纳帕塔法"，对马尔克斯来说是"马孔多"，而对莫言来说则是"东北乡"。由此来看，瑞典文学院的这段话所要表述的见解是：福克纳、马尔克斯和莫言笔下的上述假想世界具有某种相似性，都是"幻想与现实，历史视角与社会视角相混合"的产物，而就莫言而言，其假想世界又是以中国古

---

❶ http://www.nobelprize.org/nobel_prizes/literature/laureates/2012/biobibl_ch_simpl.pdf.

❷ 以下是本文译者对作者的韩文翻译所做的中文再译。为了彰显作者独特的理解和表达方式，译者在最大程度上保留了作者韩文原文的句式。——译注

代文学和民间口头文化传统为出发点的。

　　笔者认为，瑞典文学院的这一论断虽然简短，却相当切中肯綮。不过，当该论断被与"magic realism"或"hallucinatory realism"直接联系在一起时，却会引发各种复杂的争议❶。事实上，很久以前就有人将莫言归入"魔幻现实主义作家"之列，而莫言本人也一直对此表现出欣然接受的态度。莫言过去还曾多次表示过对他影响最大的三位外国作家是卡夫卡❷、福克纳和加西亚·马尔克斯，而在莫言提到的这三位作家中，除了被公认为魔幻现实主义代表作家的马尔克斯之外，其他两位作家实际上也都与魔幻现实主义有着密切的关系。虽然卡夫卡和福克纳一般不被归入魔幻现实主义作家之列，但他们的作品却有着与魔幻现实主义作品极为相似的面貌，并且都对后来的魔幻现实主义作家产生了巨大的影响。就马尔克斯的情况而言，是对卡夫卡作品的阅读使他决心成为作家，而其杰作《百年孤独》则得益于他从福克纳那里获得的灵感。莫言，正是属于该文学谱系的后来者。

　　前面分析的瑞典文学院的简短阐释与将莫言的小说作为魔幻现实主义小说来把握的视角不仅并不截然相悖，反而有相当的吻合之处，但瑞典文学院为何不在其发布的"摘要"和"新闻公告"中使用"magic realism"，而一定要使用"hallucinatory realism"这一陌生语汇呢？何为"hallucinatory realism"？它与"magic realism"有无区别？若有所区别，其区别在何处？若无区别，瑞典文学院又为何一定要使用它呢？西班牙语言文学系的任虎准教授认为，也许是因为魔幻现实主义在美国已蜕变为一种散漫的消费商品，为了与之相区别，瑞典文学院才没有使用"magic realism"这一术语。任教授的这一见解似乎确有值得听取的一面。

　　但笔者进一步查阅资料发现，"hallucinatory realism"实际上是个已经存

---

❶尤其当前面引文中的"a world"不是被翻译为"作品中的假想世界"而是被翻译为"作家的作品世界"（大部分媒体实际上都是这样翻译的）时，所引起的分歧会更为复杂。

❷说到卡夫卡，再补充几句。莫言所受卡夫卡的影响大概在《酒国》（1992）等作品中表现得最为明显了。《酒国》所讲述的被派往地方城市调查烹食婴儿传闻真相的侦察员失败身亡的故事与卡夫卡的《城堡》十分相似，莫言本人也曾坦言该作品不仅受到了卡夫卡的影响，同时也受到了鲁迅的影响。莫言在《酒国》韩文版收录的访谈中曾说过这样的话："我从鲁迅的文学世界中受到了不少的影响。记得鲁迅的《狂人日记》吗？四处传闻村里的人吃小孩，所以孩子们都害怕什么时候自己也被吃掉。"这当然是误读。《狂人日记》写的是被害妄想症患者"狂人"害怕自己被吃掉的故事，小说结尾处的"救救孩子"表述的是担心孩子们也会受到"吃人"文化的传染之意。莫言的误读由何而起不得而知，但从《酒国》来看，这一误读正是所谓"创造性误读"的佳例。

在的术语,只是不甚为人所知,因此才会感到奇怪。英文版维基百科对这一术语有较为详尽的说明,依据它的解释,该术语至少自20世纪70年代起就一直被批评家们在多种意义上使用。1975年,克莱门斯(Clemens Heselhaus)在阐释19世纪德国女诗人安内特·冯·德罗斯特—徽尔斯霍夫(Annette von Droste-Hülshoff)的诗歌时初次使用了该术语。1981年出版的《牛津20世纪艺术入门》将"hallucinatory realism"作为超现实主义的支流之一收录在内,并将之阐释为"一种以谨慎、精确的写实手法描述梦境和幻想主题而非外部现实的现实主义"。此后,该术语也曾被用于分析美国插画家汤米·温格尔(TomiUngerer)、德国剧作家彼得·威斯(Peter Weiss)、美国作家凯文·贝克(Kevin Baker)、澳洲作家彼得·凯利(Peter Carey)、美国女电影导演玛雅·戴伦(Maya Deren)以及意大利电影导演皮埃尔·保罗·帕索里尼(Pier Paolo Pasolini)等人的作品。而最近,在2012年,瑞典文学院在对中国作家莫言的作品进行说明时再次使用了该术语。

综合以上事例可以发现如下几个特征:从体裁方面看,该术语不仅适用于诗歌、小说和戏剧等文学样式,而且适用于美术和电影等艺术样式。从地域方面看,它主要是与欧洲、澳洲、美国等西方的艺术相关联的术语。从思潮乃至方法层面看,它是与先锋派尤其是与超现实主义紧密联系在一起的。此外,它尚未被"公认"为一种文艺思潮或创作方法,仍处于孤立、零散的使用状态,虽然以它来指称的作品大致也呈现出某些共同点,但它们彼此之间也存在着不少差异。

那么,"hallucinatory realism"与魔幻现实主义又有何关联呢?这首先要考察一下"魔幻现实主义"这一术语❶。该术语不仅适用于文学,也被用于视觉艺术批评,而且实际上首先是被用于视觉艺术领域的。1925年,德国美术评论家弗朗兹·罗(Franz Roh)在评论出现于表现主义之后的新的绘画风格时首次使用了该术语。1955年,安吉尔·弗洛雷斯(Angel Flores)在其论文《拉丁美洲小说的魔幻现实主义》中首次将该术语用于文学并将博尔赫斯(Jorge Luis Borges)视为最早的魔幻现实主义者。弗洛雷斯的这一观点引起了争议,有人认为博尔赫斯只是魔幻现实主义的先驱,并不是真正的魔幻现实主

---

❶ 此部分内容笔者主要参考了 en.wikipedia.org 的相关信息,并根据自己的认识进行了增删、整理。

义者，卡彭铁尔（AlejoCarpentier）或皮耶德里（Arturo UslarPietri）才应被视为最初的魔幻现实主义者，也有一些争论是围绕"魔幻现实主义"这一术语本身展开的，问题涉及魔幻现实主义的诸多方面，尤其集中于魔幻现实主义小说究竟是拉丁美洲的发明还是后现代世界全球化的产物这一问题上。虽然发生过上述诸多争议，但下列作家仍被公认为魔幻现实主义作家：以加西亚·马尔克斯——凭借《百年孤独》（1967）而成为魔幻现实主义的代名词——为首，包括马里奥·巴尔加斯·略萨（Mario Vargas Llosa）、伊莎贝尔·阿连德（Isabel Allende）和劳拉·埃斯基韦尔（Laura Esquivel）等在内的中南美作家；君特·格拉斯（Gunter Grass）、伊塔洛·卡尔维诺（Italo Calvino）、米兰·昆德拉（Milan Kundera）等欧洲作家；英语圈的萨尔曼·拉什迪（Salman Rushdie）、托尼·莫里森（Toni Morrison）、格洛里亚·内纳（Gloria Naylor）、安娜·卡斯蒂略（Ana Castillo）、鲁道夫·安纳亚（Rudolfo Anaya）、海伦娜.玛利亚.弗拉蒙特（Helena Maria Viramontes）、刘易斯·厄德里克（Louise Erdrich）、谢尔曼·阿列克谢（Sherman Alexie）、路易·德·伯尼埃尔（Louis de Bernières）、安吉拉·卡特（Angela Carter）等。从以上列举的人物可知，魔幻现实主义大致兼具拉丁美洲（或第三世界及类似地域）神话传统和西方超现实主义传统❶。此外，还有一点也很引人注目，那就是上述作家中的英语圈作家大部分来自第三世界或具有类似的背景，如印度裔的英国作家（拉什迪），非洲裔的美国作家（莫里森，内纳），拉丁美洲裔的美国作家（卡斯蒂略，安纳亚，弗拉蒙特）以及美洲原住民出身的美国作家（厄德里克，阿列克谢）等。

在上述考察之后再来比较一下魔幻现实主义和"hallucinatory realism"，首先引人瞩目的就是超现实主义是二者的共同分母这一事实，但对"hallucinatory realism"来说具有决定意义的特征并不在此，而在于其中不包含对拉丁美洲（或第三世界及类似地域）神话传统的吸收。因此，对这两个术语应切实加以区分。另一个需要注意的事实是，"hallucinatory realism"中含有超越一般超现实主义的成分。上面列举的"hallucinatory realism"作家所具有的共同特征是对梦境的现实主义描写（只不过需要注意的是描写方式本身的不同以及这种描写被结构入作品中去的方式的不同会使作品呈现出迥异的面貌），而梦境之外的东

---

❶这一点似乎并不适用于上面列举的所有作家。是这种把握方式本身有问题呢，还是其中的几个人本不应被纳入该系列呢？

西尤其是幻觉的登场,则使"hallucinatory realism"形成了完全不同于超现实主义的脉络。关于上述特点,我们可以通过彼得·威斯的戏剧和玛雅·戴伦的电影来一窥究竟。

彼得·威斯的戏剧《托洛茨基在流亡中》(1970)由被暗杀前正在揣摩、撰写自传文稿的托洛茨基的记忆和幻想(或想象)构成,但其中包含了大量与托洛茨基死后或生前的事实显然不符的事件。注意到了这一点,我们就会认同彼得·威斯对自己的作品做的"仅在有限的意义上是记录性的,更多则是由幻影和几乎是幻觉的方式构成的戏剧"❶这一说明。如果说该作品是记录"梦"的"纪实剧"的话,它记录的并非是托洛茨基的梦境,而是"梦见了托洛茨基的某人"的梦境❷。作为彼得·威斯所说的"事实性的幻想(Tatsachenphantasie)",该梦境似乎的确有别于一般超现实主义的梦境。

在玛雅·戴伦的电影《午后的陷阱》(1943,中国一般译作"午后的迷惘"——译者)中,现实世界和梦境最初是被相互区分开的,后来这种区分便消失了。女子用钥匙打开门走进家里,然后倚在二楼窗边的沙发上入睡,至此为止展现的都是现实场景,接下来的段落——从女子再次按照前番路径进家走上二楼(此时画面已稍微发生了变形)至三个分身(在第三次反复同一段落时分裂而成)之一举刀刺向睡眠中的女子时女子瞬间醒来——展现的都是梦境,而下面的段落——醒来的女子面前站着一个男人,被男人拉向卧床躺下的女子抓起了刀——则难以分辨是梦境还是现实。接下来的结尾部分——男人回到家里,发现了死去的女子——似乎应被视为现实,但即使如此,仍无法由此逆向推知前一部分的虚实——它可能是梦境,也可能是现实,但在笔者看来,它既非梦境,也非现实,而是幻觉乃至错乱。

中国开始注意到"hallucinatory"一词似乎是在瑞典文学院在诺贝尔奖官网上提供了相关的中文译文之后。以网民为主体的人们在指出"魔幻现实主义"是误译的同时,也对在这一误译的扩散过程中起了助推作用的批评家们提出了

---

❶ Burkhardt Lindner,"Hallucinatory Realism: Peter Weiss' Aesthetics of Resistance, Notebooks, and the Death Zones of Art",New German Critique vol. 30, Duke University Press, 1983,参见 en.wikipedia.org。

❷ Stefan Howald, Peter Weiss zurEinführung, Homburg, 1993, s.101。转引自金兼燮,《失措时代的开放戏剧:威斯的〈托洛茨基在流亡中〉》,《毕希纳与现代文学》26号,韩国毕希纳学会,2006,第11页。

批评，要求他们对"虚幻现实主义"的内涵做出正确解释。但中国网民的主张看起来是以诺贝尔奖官网内容的无差错性为前提的，而这一前提本身也有成为问题的可能。笔者认为，首先，瑞典文学院提供的"虚幻现实主义"这一中文翻译是不恰当的，但更重要的是，以"hallucinatory realism"即"幻觉现实主义"来命名莫言这一做法本身究竟是否恰当，对此还应进行冷静的勘察。在笔者看来，只有当某作品属于下述情况——内容完全是梦境描写，或即使梦境与现实相混杂，但二者完全无法区分，或表现出明显的幻觉特点且该特点在作品中扮演着重要角色——时，才能将之归入"hallucinatory realism"之列。对此，笔者将在本文的第 4 部分继续进行探讨。

3. 莫言小说的幻想性、原初性和东方主义

在 2012 年 12 月 7 日的获奖感言中，莫言以一种十分亲切的方式对自己的"影响的焦虑"进行了说明。出现在莫言作品中的山东省高密县东北乡实际上是并不存在的，曾经真实存在过的是高密县大栏乡，现在存在的是高密市平安庄村。"东北乡"是莫言在威廉·福克纳的"约克纳帕塔法"和加西亚·马尔克斯的"马孔多"的启发下创造的假想世界。根据莫言的获奖感言，1984 年秋季进入解放军艺术学院后，他有两年时间在"追随"福克纳和马尔克斯这两位大师，此后才开始意识到"必须尽快地逃离他们"，因为"他们是两座灼热的火炉，而我是冰块，如果离他们太近，会被他们蒸发掉"。从那时起，莫言开始以自己的方式讲自己的故事，这种方式就是说书人——中国民间文化传统中的讲故事的人❶——的方式，而故事则是他本人、家人、亲戚以及乡邻们（扩大来说，其本人也是其中一分子的中国农民）的故事。这位现代的"说书人"最初是隐蔽在文本后面的，自《檀香刑》（2001）开始便走向前台，其后的作品在继承中国古典小说传统的同时借鉴西方小说技术，形成了一种"混合"性的文本特征。

笔者认为莫言的这种自我解读基本上是准确的，只不过对"借鉴西方小说技术"这一点还需要进一步进行探讨。1986 年发表《红高粱家族》时，莫言既是"寻根派"作家，同时又是"先锋派"作家。寻根派主张在以民间文化、

---

❶ 在市场上为听众讲故事并收取报酬的人。其故事以民间故事、传说等民间口头文学为主。

边缘文化和非官方文化为主的中国传统文化中寻找根基，而先锋派则主张吸收西方的先锋文学。虽然莫言比较强调自己与中国传统的关系，但在笔者看来，其与西方文学的关系至少应得到同等程度的强调。拿采用章回小说❶形式的《生死疲劳》（2006）来说，虽然从外形来看它是章回小说，但其内里——视角、叙事方式及叙述本身——却是充分现代、前卫和实验性的。在接受来自瑞典文学院方面的电话采访（10月11日）时，莫言向读者建议从《生死疲劳》开始阅读自己的作品，理由是这本书比较全面地代表了其"写作风格"及其"在小说艺术上所做的一些探索"，而且"在语言上也进行了大胆的实验，是用一种最自由、最没有局限的语言自由表达我内心深处的想法"，实现了"对社会现实的关注"与"艺术探索"和"文学创作"的"比较完美"、"比较统一"的"结合"❷。莫言的这些话表明，他对自己的作品在叙事上的现代、前卫和实验性特征是有充分自觉的，而这种叙事特征在其1986年的成名作《红高粱家族》中就已得到充分体现。莫言从福克纳和马尔克斯那里学到的不仅是"约克纳帕塔法"和"马孔多"，还有诸如意识流和超现实主义这样的艺术观念和艺术手法。

人们之所以迄今为止一直将莫言的小说归入魔幻现实主义作品之列，是因为他像加西亚·马尔克斯那样使第三世界传统文化中的民间叙事传统在幻想与现实的混合中发挥了重要功能，就此而言，将莫言的小说视为魔幻现实主义小说的论点确实是成立的。但笔者不同意瑞典文学院将之称为"hallucinatory realism"即"幻觉现实主义"的做法。莫言的小说并非完全由梦境描写构成，其小说中的梦境与现实也并非无法区分，只不过其小说中并非全无表现出幻觉特点的部分而已。这方面的典型例子是《丰乳肥臀》的最后一个场面描写：有精神障碍的主人公金童躺在母亲的墓旁回忆了一阵往事，接下去小说便进入了如下这种幻想和幻觉莫辨的状态——

后来，回忆中断了，他的眼前飘来飘去着一个个乳房。他一生中见过的各种类型的乳房，长的、圆的、高耸的、扁平的、黑的、白的、粗糙的、光滑的。这些宝贝，这些精灵在他的面上表演着特技飞行和神奇舞蹈，它们像鸟、像花、

---

❶ 章回小说本是以口语体写成的传统小说，如《三国演义》、《水浒传》、《西游记》、《金瓶梅》、《红楼梦》等。

❷ http://www.nobelprize.org/nobel_prizes/literature/laureates/2012/yan-telephone.html

像球状闪电。姿态美极了。味道好极了。（中略）后来在他的头上，那些飞乳渐渐聚合在一起，膨胀成一只巨大的乳房，膨胀膨胀不休止地膨胀，矗立在天地间成为世界第一高峰，乳头上挂着皑皑白雪，太阳和月亮围绕着它团团旋转，宛若两只明亮的小甲虫。❶

虽然上述文字给人的印象近于幻觉，但这种文字在莫言的作品中并不常见，在叙事中发挥的作用也不重要，因而无法成为莫言作品的主导特征。那么作家本人在前面言及的电话采访中以"东方式超现实主义的写法"加以说明的《生死疲劳》可以被视为幻觉的另一个例证吗？该作品通过驴、牛、猪、狗和猴子的视角叙述了自1950年地主西门闹被枪毙（先后投生为驴、牛、猪、狗和猴子）至2001年他终于再次投生为人的50年间东北乡的残酷历史。在笔者看来，这最初就是个讽喻的问题，而不是超现实主义或幻想、幻觉之类的问题。

从以上考察可以确知，虽然以"幻觉现实主义"来指称莫言的小说是不恰当的，却可以将之视为魔幻现实主义作品。但更严密地说，仅以"魔幻现实主义"也是无法阐明莫言小说的全貌的，因为魔幻现实主义仅是莫言小说的构成要素之一。实际上，究竟是魔幻现实主义还是幻觉现实主义的问题并不重要，因为莫言的小说位于超越这些规定之处。❷

在笔者看来，莫言小说中最应予以重视的是与其幻想性联系在一起的原初性。性与暴力，生与死，诞生与杀害等混在一起的近于神话和残酷剧式的原初性空间与搬演着现代性变化的历史性空间的两相对峙是莫言创作的核心原理之一。设计这种对峙的目的显然是为了对历史性空间进行反省和批判，但其实际效果却并不均一，在成功的情况下固然能产生冲击性的效果，但有时似乎也会出现效果暧昧的情况——当在原初性空间里捕捉历史性空间中发生的事情并引起价值混乱时就会出现这种效果暧昧的情况，因为（举例来说）尽管在原初性

---

❶莫言：《丰乳肥臀》，北京：作家出版社，2012，PP.653-654。韩文译本见莫言著、朴明爱译《丰乳肥臀》第3卷，兰登书屋，2004，P.342。

❷在此意义上，获奖公告瑞典语版与众不同地使用了"hallucinatoriskskärpa"即"幻觉性锐利"这一表述的做法值得注意。如果表述为"通过'幻觉性锐利'使民间故事、历史和当代相融合"的话，这可能倒是对莫言小说的更为恰当的说明。

空间中杀害行为在摧毁不育性的意义上具有肯定性价值❶，但在历史性空间中却并非如此。

至此，我们应再将视线转向瑞典文学院。瑞典文学院此番授奖给中国作家莫言时所使用的口吻与 2000 年授奖给华裔法国作家高行健时所使用的口吻看起来是完全相反的，对高行健强调的是普遍性——"其作品的普遍价值，辛辣的洞见和语言的独创性，为中国小说和戏剧开辟了新的道路"，而对莫言强调的则是"吸收了中国古老的民间叙事传统，又融入了西方的现代性，从而成功地走向了世界"的中国性（同时也是东方性）。说实话，在将中国的文化、文学传统与西方的现代性相融合这一点上，高行健与莫言并无不同❷，因此，笔者无法不认为对莫言中国性层面的强调与东方主义有着密切的关系。

实际上，幻想性和原初性并非仅属第三世界传统，它们也同样出现于第一世界传统中。换言之，它们是人类普遍共有的东西。当这种具有普遍意义的幻想性和原初性在中南美文学传统和中国文化传统的特定脉络中被具体化时，就诞生了加西亚·马尔克斯和莫言的文学。因此，将幻想性和原初性说成仿佛是独属第三世界的东西是有问题的，而那种仿佛在第三世界里只有幻想性和原初性才有价值的表述方式也是有问题的，这些表达方式难免东方主义的嫌疑。如果情况确实如此，那么那种仅将莫言获诺贝尔文学奖视为具有中国性的文学得到了世界认可并因而欢呼雀跃的做法不能不被认为正是将东方主义内在化、将自身他者化的表现。更令人不安的是，今后可能会出现一大批追随莫言式魔幻现实主义的作家和作品。笔者从西班牙语言文学系的金贤均教授那里了解到，中南美 1968 年前后出生的"幻灭的一代"曾在倡导以新的方式切入现实的同时公开阐明魔幻现实主义的死亡；魔幻现实主义的确已经肤浅化、商品化了，已显现不出其创造的活力。笔者担心莫言和中国文学也会出现这种情况。

笔者高度评价莫言的着眼点是与此不同的。笔者认为，形成莫言小说之实质的是视角、叙事方式和叙述中表现出来的现代性、前卫性和实验性，莫言小说的真正成果——直接援引瑞典文学院曾用于高行健的评价的话——是"其作

---

❶《红高粱家族》中叙述人的爷爷杀害患麻风病的酿酒作坊主人之子这一情节设计就是例证之一。此外，《丰乳肥臀》中与无生育能力的丈夫之外其他七个男人生下九个后代的设计也只有在原初性空间中才能成为美德。

❷ 高行健与莫言在某些方面相似，在某些方面又形成对照。对这两位同为华裔出身的诺贝尔奖获得者加以比较应是饶有兴味又十分有益的。

品的普遍价值,辛辣的洞见和语言的独创性"。中国的文化、文学传统和中国式的幻想性和原初性是因现代性、前卫性和实验性而获得生命并进而取得"普遍价值,辛辣的洞见和语言的独创性"成就的,这才是"莫言风格"的真正内容。由此可见,那种将2012年度诺贝尔文学奖说成是"中国式的"(指莫言)与"无国籍的"(指村上春树)之间的竞争的说法是何等庸俗。"中国式的"是好的,"无国籍的"也是好的,其他——诸如"游牧的","都市的"——也都是好的,真正重要的只是"普遍价值,辛辣的洞见和语言的独创性"——12年前瑞典文学院使用的这一表述真是太好了。

底层叙事和中国文学新局面[1]

最近，中国文坛备受瞩目的一个现象，是"底层叙事"的兴起。根据韩国文学的经验来看，20世纪70、80年代一直是民众文学所引发的底层叙事现象，短期来看，这是70年代末以后在中国文学没有出现过的新的文学现象，而从长期看来，这是1949年以后在中国文学里，甚至在毛泽东1942年发表《在延安文艺座谈会上的讲话》的时候，解放区文学以后出现的第一个新的现象。在社会主义的中国，像韩国的民众文化或者文学，突然间还是不太容易被接受的。但在这里，我们要对中国文学的重要性来进行讨论。

被认为底层叙事的第一部作品，是2004年杂志《当代》上发表的曹征路中篇小说《那儿》。（题目"那"指"国际"，即，国际共产主义的缩略语）。作品主人公身为大型国有企业的工会主席，在企业的私有化过程中，努力保护劳动者的利益，可是结果，由于不断受到各种挫折和阻碍，最后用自己使用过的机器自杀身亡（可以联想到黄晳暎的《客地》）。1949年出生，现任深圳大学教授的曹征路，从1971年开始就是骨干作家，他的作品《那儿》发表以后，在文坛、学界、舆论界等引起了很多反响。在各种讨论中，从"左翼文学"传统性复苏的肯定评价，再到美学性失败的否定评价，有很多改进的意见。

在曹征路之后的作家是罗伟章。1967年出生，大学毕业以后当了几年的老师，然后又辞掉工作，开始了全职的作家生活，从2003年开始有了作品创作活动。他的代表作品中篇小说《我们的路》，不同于曹征路《那儿》里面叙述的大规模工厂劳动者生活，他的作品描述了"农民工"的生活。"农民工"是中国社会主义市场经济追求的发展主义和其导致的城市与农村间贫富差距而引起的同时代中国特有的社会现象。户籍上虽是农民，但实际迁移到了城市，做着低报酬的工作（城市劳动者收入的三分之一），这些农民工至少1亿

---

[1]《亚洲》2009年春季刊发表。

2000万名，再细致的统计可以达到2亿人口。因为这些人的牺牲，中国产品的价格才有了很强的市场竞争力。《我们的路》里的主人公，是离开老家农村来到城市的典型农民工形象。这个作品主要讲饱受低资待遇的他，在春节期间不得已回到老家，在老家10天里发生的故事。这里不仅使人联想到黄皙暎的《去森浦的路》，与《去森浦的路》里郑氏丧失了自己的家乡不同，《我们的路》里的家乡是依旧存在的。但是那个家乡已经不再是可以慰藉和休息的家乡，而是一点点接近城市，已经开始损伤的家乡了。

除了曹征路和罗伟章，2004年以后，以从农民工到城市劳动者，以及多种下层民众生活为题材的作家越来越多。对于他们的作品，被称之为"底层叙事"。"底层"虽然是原来就有的话，所谓"底层叙事"里新用语的"底层"大体上相当于subaltern（庶民，底层）的翻译语。1995年，评论家蔡翔第一次把"底层"作为新的用语来使用，那个是葛兰西《狱中札记》里的subaltern概念的翻译。但是，紧接着由于印度底层研究学者的对概念的界定而改变了焦点，不同的时期，都会使用Spivak的subaltern观点。在韩国，把subaltern翻译成"下位阶层"，"底层叙事"用韩国语正确翻译的话，即"下位阶层叙事"。

20世纪70年代末以后，即"新时期"的中国文学，主要刻画知识人，都市人还有农民的生活状态。在subaltern意义里，对于底层人生的叙述，在新时期文学的底层叙事里第一次出现。虽然有人把底层叙事看作是20年代无产阶级革命文化、30年代的左翼文化、40年代的解放区文化、49年以后到70年代末的人民文学，这50年间的"左翼文化"传统的复苏，但笔者的想法却是不一样的。首先，不管是解放区文学还是人民文学，那个时期所描绘的劳动者农民大众和底层叙事的底层是不一样的，与解放区文学、人民文学都是党的革命事业乃至和社会主义建设的从属关系不同，底层叙事更接近对党和政府的政策进行批判的关系。不过，在对国民党政府批判的过程中，虽然可以某种程度上认证二三十年代和左翼文学之间的关系，但这是二三十年代的"底层"和20世纪初的"底层"之间社会经济环境的显著差异所在，比起他们的共同性，更应该重视他们之间的差异。在这个情况下，是不适合用"复苏"这个词来表现的。

底层叙事所瞄准的是，对于经济开发而导致的社会经济矛盾的不满乃至批判，对此旁观或者和主流有共谋关系的知识人，应该对自身进行反省。这一点，和20世纪七八十年代韩国的民众文学有非常相似的地方。但是，两者之间也依旧存在着巨大的差异。韩国的民众文学把和独裁政权的坚固对立关系看作为基本原理，而中国的底层叙事在那点上却是不分明的。不仅底层叙事本身是那样，政权方面的对应方式也是不一样的。把三农问题——农民的苦难、农村的贫穷化、农业的危机——这些问题的解决看作主要政策课题，把"和谐社会"作为新的标语，调整由发展主义导致的问题。这个所谓的"和谐"，是否能真正的实现，还是无法确认的事情，要等以后慢慢来证实。同时，包括底层叙事和相关的谈论，是否会为"和谐"的实现做出贡献，还是作为政权共谋的结果而堕落，这些还尚是不明确的内容。

不过，笔者认为明确的是，底层叙事会暗示出中国知识人和民众关系新局面的开启可能性。社会主义中国成立以后，知识人多数会重回到被民众压迫的状态。1958年的反右派斗争，六七十年代的文化大革命就是代表的实例。重回到民众成为加害者，知识分子成为被害者的状态，由此产生了知识分子和民众间的一道鸿沟，新时期的中国文学由于这道鸿沟而发展受到局限。不管它和现实政治间会成为怎样的关系，笔者对底层叙事所期待的是，至少知识分子和民众之间的那道鸿沟慢慢变窄，并会开启新的地平。